U0938225

汪　暉
著

阿 Q 生命中的六個瞬間

——紀念作為開端的辛亥革命

商務印書館

責任編輯　韓心雨
裝幀設計　張煜晨
排　　版　周　榮
責任校對　趙會明
印　　務　龍寶祺

阿 Q 生命中的六個瞬間——紀念作為開端的辛亥革命

作　　者　汪　暉
出　　版　商務印書館（香港）有限公司
香港筲箕灣耀興道 3 號東滙廣場 8 樓
http://www.commercialpress.com.hk
發　　行　香港聯合書刊物流有限公司
香港新界荃灣德士古道 220–248 號荃灣工業中心 16 樓
印　　刷　寶華數碼印刷有限公司
香港柴灣吉勝街勝景工業大廈 4 樓 A 室
版　　次　2025 年 7 月第 1 版第 1 次印刷
© 2025 商務印書館（香港）有限公司
ISBN 978 962 07 0681 3
Printed in Hong Kong

版權所有　不得翻印

楔 子

〈阿 Q 正傳〉是魯迅（1881—1936）著作中影響最大、傳播最廣的作品，也被公認為現代中國文學的經典。從這部作品誕生之日起，圍繞阿 Q 是誰、如何解釋作品的宗旨，評論家們歷來有極為不同的看法。爭論的焦點大致集中在三個問題上：一、作品的敘述方式是否發生了斷裂？二、阿 Q 及其「精神勝利法」是國民性的代表，還是農民階級的思想特徵？三、阿 Q 真的會革命嗎？作為國民性典型的阿 Q 與作為革命黨的阿 Q 在人格上是一個還是兩個？魯迅本人也罕見地對這部作品做過幾次解釋和辯護，他顯然對各方評論不那麼滿意。我在這裏通過文本細讀，試圖對作品作出新的解釋和分析。成功與否，需要讀者的評判和方家的指點。

一、〈阿Q正傳〉的敘述方法與「國民性」問題

在兩種敘述傳統之間的〈阿 Q 正傳〉

〈阿 Q 正傳〉採用了說書人的敘述方式的某些要素，作者是相對超然的，但這種超然的敘述並不表示內容上的直白。在小說的敘述之中也包含了複雜的層次。〈阿 Q 正傳〉的敘述方式與「五四」文學的主觀性很不相同。「五四」新文化運動反對舊文學、倡導新文學，其中三個文類的轉變最為引人注目。第一是與古典詩歌截然不同的新詩。第二是從晚清文明戲發展而來新的、與舊戲截然不同的西方話劇形式。第三是在敘述方法上與傳統小說截然不同的短篇小說。新文學用白話取代文言，與通俗小說的語言形式有一定的延續性，但白話短篇小說的體裁和技巧與說書人文學，以及當時流行的黑幕小說、公案小說、鴛鴦蝴蝶派小說有所不同，在敘事方法上常常用片段的、橫截面的、主觀的敘述方式展開作品。捷克學者普實克（Jaroslav Průšek, 1906–1980）歸納出中國新文學的三個最基本的特點，即主觀性、個人主義和悲觀主義。他論證說，從主觀的、個人的，甚至悲觀主義的角度看，「五四」小說背離了傳統小說形態，卻近於古典的散文和詩歌傳統。[1] 魯迅的很多小說（比如〈頭髮的故事〉、〈鴨的喜劇〉）與他的一些散文很難區分開。〈狂人日記〉裏面的「我」直接地表達他對於世界癲狂、歷史吃人的看法。日記體的樣式是主觀性的承載者。〈故鄉〉、〈祝福〉描寫閏土、祥林嫂的故事，並在魯鎮或浙東鄉村中展開；這些故事是在「我」回鄉的過程中呈現的，故事的展開被納入了「我」回鄉的經歷、感情和思想的變化之中。因此，要把握閏土、祥林嫂的故事的含義，也不得不去探討「我」的主觀性問題——如果不理解這些故事與它們的敍事方式之間的關聯，就難以說明這些作品的含義。魯迅雜文和散文中的有些描寫與他的小說在文類上的間隔並不絕對。這些作品描述世態萬象，但敍事是主觀的。

1　參見普實克著，李燕喬等譯：〈中國現代文學中的主觀主義和個人主義〉，《普實克中國現代文學論文集》，長沙：湖南文藝出版社，1987年版，第1、9–12頁。

〈阿 Q 正傳〉的敘述方法與通常的「五四」小說很不同，不像典型的現代小說的寫法，在魯迅作品中，它也非常奇特。作品於 1921 年 12 月 4 日起在北京《晨報》副刊的「開心話」欄目中發表，每週或隔週刊登一次，有點像通俗小說連載的味道，敘述方式上留有強烈的說書人文學的影子。從第二章開始，作品被移入「新文藝」欄目，連載至 1922 年 2 月 12 日止。傳統的長篇小說，都有一個全知的說書人統領整個敘述。話說某年某月某地，有一個甚麼樣的人，故事就這樣展開了。這叫做「從頭說起」。然後是「接下去說」，經過一個契機，故事可以分頭展開，這就是「話分兩頭，各表一枝」，而後又「從頭說起」，打入一個楔子，再「接下去說」。比如說宋江的故事，牽出李逵、燕青等等一大堆人的故事。我從小在揚州長大，揚州評話很出名，其中經典的段子是王少堂（1889–1969）說《武松》，那部書是我小時候的鄰居孫龍父先生（1917–1979）整理的。其中醉殺西門慶那一段很有名。武松上酒樓去殺西門慶，從酒樓最下面到最上一層，也就是幾個台階的路程吧，假如武松三步兩步上了酒樓殺了西門慶，那故事沒有法子講下去了，一定要一個故事套一個故事，吸引住聽眾。王少堂說武松，從樓下到樓上，共計七步，就說了七天。每天聽眾等着武松上去殺西門慶，他好像下一分鐘就要上去了，結果講到日頭偏西，武松好像上了一級台階，但一條腿還沒有落下。說書人是全知的，他無所不在，知道所有的故事——他告訴你前世今生，不但了解你們家的事，而且還知道你心裏怎麼想的。現代小說不能這樣寫。比如〈狂人日記〉裏頭，大哥或者其他人並不能知道為甚麼狂人這麼想。為甚麼要用日記這種體裁呢？就因為日記是完全主觀的。從這個角度說，說書人文學是不會有甚麼曖昧的。

與西方長篇注重結構不同，傳統小說的敍事比較單純，多以說故事為中心。即便以一個人物為線索，也主要通過他與很多人的遭遇，形成了很多個故事，在敍述上這可以稱之為「一線串珠」的結構。〈阿 Q 正傳〉是以人物和性格為中心的，其他人物都圍繞着阿 Q 來寫，語調上像說書人文學，但暗暗戲仿中國的史傳傳統。「傳」是一個人的傳，一個人物、一條線索，敍事上非常單純。但也正因為作品圍繞着人物的性格和命運展開，而不是以故事為中心，敍述風格並不局限在傳統說書人文學的範疇裏。魯迅後來自述說：

> 第一章登出之後，便「苦」字臨頭了，每七天必須作一篇。我那時雖然並不忙，然而正在做流民，夜晚睡在做通路的屋子裏，這屋子只有一個後窗，連好好的寫字的地方也沒有，那裏能夠靜坐一會，想一下。伏園雖然還沒有現在這樣胖，但已經笑嘻嘻，善於催稿了，……[2]

〈阿 Q 正傳〉的緣起很像舊式小說的模式，登在報紙的副刊上——報紙的正版多為時事政治，副刊中就有「開心話」，茶餘酒後看了可以樂一樂。但等到他終於又寫成了一章，「似乎漸漸認真起來了；伏園也覺得不很『開心』……」「所以從第二章起，便移在『新文藝』欄

2　魯迅：〈《阿 Q 正傳》的成因〉，《魯迅全集》第三卷，北京：人民文學出版社，2005 年版（下文所引魯迅文字，全部以 2005 年版《魯迅全集》為準，不再一一註明），第 397 頁。

裏。這樣地一週一週挨下去，於是乎就不免發生阿 Q 可要做革命黨的問題了。」[3]「新文藝」雖是文藝，卻與舊式小說不同，不能算是「開心話」，寓意是嚴肅的。我後面會分析這一點：文體上的變化、欄目的轉換與阿 Q 的命運、尤其是革命問題是聯繫在一起的。

外國小說的影響與「國民性」的兩重性

如何理解〈阿 Q 正傳〉的通俗的敘述形式與寓意上的複雜性？首先觸及這個問題的是魯迅的弟弟周作人（1885–1967）。1923 年 3 月 19 日《晨報副鐫》發表仲密的文章，標題就叫〈阿 Q 正傳〉。仲密是周作人的筆名。他說：

> 我與〈阿 Q 正傳〉的著者是相識的，要想客觀的公平的批評這篇小說似乎很不容易，但是因

3　同上。

為約略知道這著作的主旨，或者能夠加上一點說明，幫助讀者去了解他的真相——無論好壞——也未可知。[4]

周作人很了不起，不是因為他清楚地點出了小說的宗旨，而是他雖然知道小說的大致的宗旨，但同時指出「客觀的公平的批評這篇小說似乎不大容易」。周作人繞開小說的通俗敘事形式，認為「〈阿 Q 正傳〉是一篇諷刺小說」。「諷刺小說是理智的文學裏的一支」，也就區別於感傷的、浪漫的文學類型。〈阿 Q 正傳〉又「是古典的寫實作品。他的主旨是『憎』，他的精神是負的」，「然而這憎並不變成厭世」。[5] 人在憎恨之中或之後會覺得世界一無是處，負的感情與厭世因此常相關聯，但周作人說：「負的也不盡是破壞」。這是一個很微妙的說法。

無論是諷刺小說、理智的文學、古典的寫實作品，還是精神是負的等評價，周作人的評論其實完全

4 仲密（周作人）：〈阿 Q 正傳〉，《晨報副鐫》1922 年 3 月 19 日第一版。
5 同上。

是在歐洲小說譜系的框架之中展開的。他引用說：

> 美國福勒忒在《近代小說史論》中說：「關於政治宗教無論怎樣的說也罷，在文學上這是一條公理：某種破壞常常即是唯一可能的建設。諷刺在許多時代，如十八世紀的詩裏，墮落到因襲的地位去了。……但真正的諷刺實在是理想主義的一種姿態，對於不可忍受的惡習之正義的憤怒的表示，對於在這混亂的世界裏因了邪曲腐敗而起的各種侮辱損害之道德意識的自然的反應。……其方法或者是破壞的，但其精神卻還在這些之上。」因此在諷刺的憎裏也可以說是愛的一種姿態。[6]

諷刺是熱愛的另外一種形式，負面的基調可以表達正面的內容。這正是周作人斷言「〈阿 Q 正傳〉裏的諷刺在中國歷代文學中最為少見」的根據。從文學歷史的角度說，中國文學不乏諷刺，但多為「熱諷」，而〈阿 Q 正傳〉中的諷刺「便是所謂冷的諷刺——冷

6　同上。

嘲」。[7]魯迅不用很辛辣的諷刺，而是用反語，即冷的方式表達的諷刺。根據周作人的判斷，〈阿 Q 正傳〉雖然可以在中國文學中找到一點類似的影子，但根本上的參照是外國小說：

> 中國近代小說只有《鏡花緣》與《儒林外史》的一小部分略略的有點相近，《官場現形記》和《怪現狀》等多是熱罵，性質很是不同，雖然這些也是屬於諷刺小說範圍之內的。〈阿 Q 正傳〉的筆法的來源，據我們所知是從外國短篇小說而來的，其中以俄國的果戈里與波蘭的顯克微支最為顯著，日本的夏目漱石，森鷗外兩人的著作也留下了不小的影響。果戈里的〈外套〉和〈瘋人日記〉，顯克微支的〈炭畫〉和〈酋長〉等，森鷗外的〈沉默之塔〉，都已經譯成漢文，只就這幾篇參看起來也可以得到多少痕跡；夏目漱石的影響，則在他的充滿反語的傑作《我是貓》。[8]

7　同上。

8　同上。

〈阿 Q 正傳〉受了很多外國小說的影響，但不是從這些外國作品當中衍生出來的，而是獨特的創造。

周作人從形式與風格的角度觸及了國民性這個問題——國民性通常被認為是〈阿 Q 正傳〉的主題，而周作人卻將這個主題看做是一種創造過程中的自然因素。他說：

> 但是國民性實在是奇妙的東西，這篇小說裏收拾這許多外國分子，但其結果，對於斯拉夫族有了他的大陸的迫壓的氣氛而沒有那「笑中的淚」，對於日本有了他的東方的奇異的花樣而沒有那「俳味」。這一句話我相信可以當做它的褒詞，但一面就當做它的貶詞，卻也未始不可。[9]

周作人說國民性是個奇妙的東西，並沒有魯迅那種對於中國國民性的痛心疾首的意思。在他看來，國民性深深地滲透在魯迅自己的心靈之中，所以學了俄國文學的技巧，但俄國的某一種味道卻在魯迅的創作和模

9　同上。

仿中被過濾了；他學了日本小說的方法，但又將日本的某一種味道排除了。這個「多理性而少熱情，多憎而少愛」的「諷刺」或許和斯威夫特（Jonathan Swift, 1667–1745）有一點相似，但還是道地的中國趣味。這種多方借鑒後形成的單純的敍述技巧，要想客觀的和公平的評價，的確不容易。總之，這獨特的味道便是魯迅自身的國民性的產物。換句話說，〈阿 Q 正傳〉的敍述中包含着兩個國民性的對話：一個是魯迅的敍述本身體現出的國民性，我們可以稱之為反思性的或能動地再現國民性的國民性，另一個是作為反思和再現對象的國民性。如果「精神勝利法」是國民性的特徵的話，它應該還有一個對立面或對應面，即將「精神勝利法」置於被審視位置上的國民性。國民性不是單面的，將自身作為審判對象也意味着自身已經具備了審判者的潛能。這就是我所謂國民性的兩重性，我們應該從這個兩重性之間的關係和對話中來理解這個小說的宗旨和敍述方法。

「彷彿思想裏有鬼似的」

在日本的闡釋者那裏，國民性與作者的這種神秘的關聯獲得了更為具體的文本根據。日本著名的魯迅研究專家丸尾常喜（1937–2008）寫了一本書叫做《「人」與「鬼」的糾葛》，其中很大的一部分是對〈阿Q正傳〉的解釋。他根據〈阿Q正傳〉小序中的交代，即阿Q的「Q」唸起來應該是「Quei」，在紹興人的語音裏就是「鬼」的發音，論證阿Q就是鬼。〈阿Q正傳〉小序是這麼說的：

> 我要給阿Q做正傳，已經不止一兩年了。但一面要做，一面又往回想，這足見我不是一個「立言」的人。因為從來不朽之筆，須傳不朽之人，於是人以文傳，文以人傳——究竟誰靠誰傳，漸漸的不甚了然起來，而終於歸結到傳阿Q，彷彿思想裏有鬼似的。[10]

10 魯迅：〈阿Q正傳〉，《魯迅全集》第一卷，第512頁。

從〈阿Q正傳〉誕生到現在，中國的評論者沒有人對「彷彿思想裏有鬼似的」這句話發生很大的疑問。在中國人看來，這話很簡單，就是說我不由自主、鬼使神差，竟然寫了〈阿Q正傳〉這樣一篇東西。但是，日本的譯者在翻譯〈阿Q正傳〉的時候，產生了如何解釋「彷彿思想裏有鬼似的」這一句話的問題。最初提出這個問題的就是竹內好（1910–1977）。圍繞着這一句話怎麼翻譯，日本學者發生了很大的爭論。與「鬼使神差」的解釋不同，日本學者認為「彷彿有鬼似的」一句中的「鬼」有某種客觀性：你可以說這句話就是指阿Q的鬼進入了我的思想，也可以像周作人說的那樣，阿Q的存在理由就是像鬼一樣存在在那裏的中國人的「譜」。也許可以這麼說：這個「鬼」就是那個能呈現阿Q的「精神勝利法」的能動的「國民性」，但它們其實是一個雙面體。這個雙面體的存在說明「精神勝利法」未必是一個全然封閉的體系，它存在着轉化的內部動力。

關於阿Q是誰的問題，在歷史上有很多爭論。國民性的無處不在與阿Q的無處不在好像是一物之兩面。就「無處不在」這一特性而言，阿Q或阿Q現象的確與鬼有些相似。周作人說：

> 阿Q這人是中國一切的「譜」——新名詞稱作「傳統」——的結晶，沒有自己的意志而以社會因襲的慣例為其意志的人，所以在現社會裏是不存在而又到處存在的。[11]

阿Q不是一個人，而是整個社會的譜系的結晶，是整個傳統的凝聚。茅盾（1896–1981）的評論也類似：

> 阿Q這人要在現社會中去實指出來，是辦不到的，但是我讀這篇小說的時候，總覺得阿Q這人很是面熟，是呵，他是中國人品性的結晶呀！[12]

除了抽象地說國民性的「譜」之外，這個「無處不在」也有具體的表現。《新青年》有一位很重要的作者叫高一涵（1885–1968），他寫過一篇文章，其中

11 仲密（周作人）：〈阿Q正傳〉，《晨報副鐫》1922年3月19日第一版。

12 轉引自仲密（周作人）：〈阿Q正傳〉，《晨報副鐫》1922年3月19日第一版。

說到他的一個朋友某日跟他見面，說讀了〈阿 Q 正傳〉，覺得這個小說好像是寫這個朋友本人。這個人到處打聽小說作者「巴人」是誰。〈阿 Q 正傳〉的作者筆名是「巴人」，取「下里巴人」的意思，以與「正傳」的形式配合。這人輾轉打聽，終於知道了作者是誰，大鬆一口氣，跟高一涵說，我不認識這個作者，這篇小說不是寫我。在魯迅的自述中，我們也可以找到類似的表述：

> 可惜不知是誰，「巴人」兩字很容易疑心到四川人身上去，或者是四川人罷。直到這一篇收在《吶喊》裏，也還有人問我：你實在是在駡誰和誰呢？我只能悲憤，自恨不能使人看得我不至於如此下劣。[13]

這些例子都生動地說明阿 Q 是一個無處不在的人物。

高一涵把魯迅和俄國的契訶夫（1860–1904）、果戈里（1809–1852）做對比，認為後者的作品是不朽

13 魯迅：〈《阿 Q 正傳》的成因〉，《魯迅全集》第三卷，第 397 頁。

的、萬國的類型，而阿 Q 是一個「民族中的類型」。美國人、俄國人、法國人跟阿 Q 無關。「像神話裏的『眾賜』(Pandora)一樣，承受了惡夢似的四千年來的經驗所造成的一切『譜』上的規則」。按照這個說法，阿 Q 簡直就像〈狂人日記〉裏說的那本「陳年的流水簿子」，四千年來的東西都記在裏面，「包含對於生命幸福名譽道德各種意見，提煉精粹，凝為固體，所以實在是一副中國人品性的『混合照相』。其中寫中國的缺乏求生意志，不知尊重生命，尤為痛切，因為我相信這是中國人的最大的病根。」[14] 而魯迅寫出了這最大病根的作品，自然也就成了中國人的一個「藥劑」。〈阿 Q 正傳〉後來被翻譯成各種語言文字，包括法文，為一時之大文豪羅曼・羅蘭(Romain Rolland, 1866–1944)所賞識，阿 Q 的含義也因此擴展——有人說，就像堂吉訶德或者俄國小說中的一些形象一樣，阿 Q 也是普遍的，「精神勝利法」在不同的民族裏也都存在。

---

14 仲密(周作人):〈阿 Q 正傳〉,《晨報副鐫》1922 年 3 月 19 日第一版。

從這個角度理解「彷彿思想裏有鬼似的」這一句話，正好印證周作人的說法，即魯迅與他筆下的阿Q都在「國民性」的範疇之內，但這個「都在」卻暗示了一些周作人不曾涉及的問題。如果魯迅的寫作技巧可以被解釋為魯迅身上的國民性的自然流露，那麼，這個國民性就具備了反思的能力。換句話說，「國民性」不只是被表達的對象，而且也是表達對象的動力和方法——「鬼」的無處不在也許可以這麼理解：國民性是隱藏在我們身體裏、隱藏在我們社會生活中的鬼，為了改造這個社會和我們自己，我們必須「捉鬼」，也就是反對我們自己，但促使我們去「捉鬼」的也還是這個國民性的「鬼」。如果頭腦裏的「鬼」能夠超出我們的自我控制，而在我們面前展示我們的「鬼」，這不是說「國民性」並不完全是負面的，它具備某種自我反身的能量和超越（自我）控制的能力嗎？流行了一個世紀的批判國民性這個命題將國民性對象化，從而也完全負面化，而「鬼」的形象卻同時提出了批判的出發點和能量的問題——能夠提出國民性批判的國民性的問題。但是，這種自我批判的能力並不能自發地、順乎邏輯地產生。〈阿 Q 正傳〉將國民性的寓言置於「革命」與「變動」的條件之下，從而也暗示了這種自己反對自己的行動與「事件」的關聯。

就初衷而言，魯迅是要畫出國人靈魂。他是一個要畫出國人靈魂的國人靈魂。1925 年 6 月 15 日，魯迅在《語絲》週刊上發表〈俄文譯本《阿 Q 正傳》序及著者自敘傳略〉。這篇文章是應〈阿 Q 正傳〉的俄文譯者王希禮（Борис Александрович Васильев, 1899–1937）之請而寫的。魯迅在文章中說：

> 我雖然已經試做，但終於自己還不能很有把握，我是否真能夠寫出一個現代的我們國人的魂靈來。[15]

這個國人的靈魂是怎樣的靈魂呢？魯迅又說：

> 別人我不得而知，在我自己，總彷佛覺得我們人人之間各有一道高牆，將各個分離，使大

---

15 魯迅：〈俄文譯本《阿 Q 正傳》序及著者自敘傳略〉，《魯迅全集》第七卷，第 83 頁。

家的心無從相印。這就是我們古代的聰明人，即所謂聖賢，將人分為十等，說是高下各不相同。其名目雖然現在不用了，但那鬼魂卻依然存在，並且，變本加厲，連一個人的身體也有了等差，……[16]

這是一個在傳統等級制度下、在人與人相互隔絕的狀態中產生的靈魂。但由於革命的原因，等級的名目已經消失，而等級及其造成的隔膜卻像鬼一樣滲透在我們的靈魂中。因此，鬼的無處不在與等級制度的名目和形式的消失是相互關聯的，它提示了這裏所謂國人的靈魂是「現代的我們國人的魂靈」。阿 Q 可以被不同的人指認，或者可以指認不同的人，恰恰是因為「現代」的到來，那些讓人們相互隔絕、無法心心相印的東西不在有形的制度構架裏，而在一個貌似取消了等級名分的國家之中——革命後的中國，君君、臣臣、父父、子子的倫理瓦解了，皇帝倒台了，宗法

16 同上。

制度趨於崩潰了，傳統制度從有形蛻變為無形，卻像鬼魂一樣無處不在又無跡可尋。鬼是最真實、最本質又無法具體指認和把握的存在。在這個意義上，阿Q就是現代中國國民性的表達——是中國現代性的面影，而不是傳統中國的表徵；但另一方面，又是甚麼樣的能量和方法能夠揭示出這個現代中國的靈魂呢？——它是中國現代性的靈魂本身。這是現代性的一分為二，它們只能統一在「鬼」的無所不在之中。

國民性的寓言，還是農民的典型？

如果阿Q是一個民族的形象、民族的魂靈、國民性的象徵，那麼，〈阿Q正傳〉的寫作就是寓言式的；如果阿Q是一個農民、一個流浪漢、一個傭工，那麼，〈阿Q正傳〉就可以被視為典型的現實主義作品。綜合而言，〈阿Q正傳〉包含兩重結構。一重是阿Q的生平故事，優勝記略、續優勝記略、調戲小尼姑、向吳媽求愛、革命與不准革命等等。批評家們沿着這條線索，分析辛亥革命前後的社會關係，說明阿 Q 是一個如此真實的人物——一個農民，或者一個長工。但是，阿 Q 又是一個寓言。傑姆遜（Fredric Jameson, 1934–2024）在閱讀〈狂人日記〉時評論說，即便採用了現代主義的、心理主義的和個人主義的敍述方法，第三世界文學也同時是一種民族寓言。[17]〈狂人日記〉是一個個人的心理病案記錄，但也是一個民族的隱喻。〈阿 Q 正傳〉不是心理主義的，說故事的形式並沒有提供主觀的、心理的視角，每一個故事和細節都極為具體，但這個作品又是一個寓言，否則怎麼能說阿 Q 是現代國人的靈魂呢？故事與寓言天衣無縫地結合在一起，這需要很高的技巧。現代小說都用主觀片段、散文式的方式來對抗舊文學，但〈阿 Q 正傳〉模擬西方流浪漢小說，也模擬中國古代小說的寫法，其反諷結構是以舊的——或者說是更新的——

17 參見弗雷德里克・傑姆遜著，張京媛譯：〈處於跨國資本主義時代中的第三世界文學〉，《當代電影》，1989 年第 6 期，第 50 頁。

敍述方法呈現的。但小說的敍述裏面隱伏着內在的契機，使得客觀的小說敍述變成了寓意的結構。魯迅不是抽象地描述國民性或民族性的類型，他通過對一個農民、一個流浪漢的「食色」和死亡問題的拷問，挖掘人物無法自我控制的直覺和本能，使得人物得以豐滿地確立起來。〈阿 Q 正傳〉連載的時候，大家都等着下一期，因為每讀一段，都讓讀者聯想到是在寫自己、寫自己周遭的人和事。這個寓言的結構很容易被讀者把握，但小說在敍述上完全沒有寓言性。這與〈狂人日記〉不一樣。〈狂人日記〉有很多特殊的句子，比如「四千年的舊賬」、「陳年的流水簿子」、「仁義道德」、「滿本都寫着吃人」，直接地指向寓意的結構；小說雖然是狂人康復的記錄，但敍述本身是象徵性的。〈阿 Q 正傳〉的寫法不是這樣的，它的寓言性源於人物創造的高度的概括力。

與周作人等「五四」一代的批評家有所不同，左翼批評家認為阿 Q 是中國革命的一面鏡子。這與從階級的角度分析阿 Q 的命運及其與辛亥革命的關係有關。概括起來，他們的理由有三：第一，〈阿 Q 正傳〉描繪的是中國辛亥革命前後的社會樣態，假洋鬼子、趙老太爺等代表着為辛亥革命所觸動的秩序如何在革命後又重新獲得生機。阿 Q 的命運是與革命未能觸動基層社會秩序密切相關的。第二，阿 Q 代表着革命的不徹底性、盲目性和整個社會的麻木。馬克思主義者從階級論的立場追問阿 Q 到底代表誰，他們大多並不否認阿 Q「是有最大普遍性的民族的典型」，但同時強調他「是代表沒落的農民的典型」。[18] 阿 Q 是一個農民，中國革命是一個農民的革命；馬克思主義評論家覺得，在農民造反沒有獲得新的政治領導和新的政治意識的時候，農民革命也正是統治制度循環往復的過渡環節。因此，國民性的改造問題就被轉換為一個獲得政治領導和政治意識的問題了。周立波（1908–1979）說：「〈阿 Q 正傳〉是辛亥革命的真實的圖畫」，「在那裏面，人們只能看見混亂和搶劫，投機和吹牛，和新舊各派的

18 巴人：〈魯迅的創作方法〉，載景宋、巴人等：《魯迅的創作方法及其他》，新中國文藝社，1940 年版；李宗英、張夢陽編：《六十年來魯迅研究論文選》（上），北京：中國社會科學出版社，1982 年版，第 289 頁。

『咸與維新』的醜劇。阿 Q 周圍的人物，無論哪一個階級出身的人，都不是好人，我們自然不能說，假洋鬼子，趙太爺、趙秀才和那兩位幫閒，趙司晨和趙白眼是好人。但也不能說，那些下層者，王胡，小 D 和吳媽，並不是混蛋。」魯迅在追憶辛亥革命的時候，「是站在一個寂寞的諷刺家的觀點，自然只採取了低劣於實際人生的東西，加以嘲笑和鞭撻。因此，我們要說，〈阿 Q 正傳〉反映的辛亥革命，是二十年前魯迅在寂寞的心情中寫出的那時代的弱點的真實。」[19] 著名的魯迅研究家陳湧（1919–2015）引用毛澤東（1893–1976）〈湖南農民運動考察報告〉中的話說，「國民革命需要一個大的農村變動。辛亥革命沒有這個變動，所以失敗了。」[20]「國民革命」這個概念最初為孫中山（1866–1925）所用，不過他在 1906 年使用的「國民革命」概念是相對於「英雄革命」而言的。根據邱士杰的研究，這

19 立波：〈談阿 Q〉，《中國文藝》（延安）第 1 卷第 1 期，1941 年 1 月；李宗英、張夢陽編：《六十年來魯迅研究文選》（上），第 343–344 頁。

20 毛澤東：〈湖南農民運動考察報告〉，《毛澤東選集》第一卷，北京：人民出版社，1991，第 16 頁。

一概念重新被激活是在 1922–1923 年，共產黨人蔡和森（1895–1931）、陳獨秀（1879–1942）用這一概念界定中國的民族民主革命（反帝反封建革命）。這一概念此後在國共合作的統一戰線運動和農民運動中發揮了作用。[21] 陳湧雖然認為阿 Q 是一個被剝削的農村無產者，但同時也相信「阿 Q 最好的代表還是中國的封建統治階級。」[22] 為了彌合階級論述與阿 Q 身上的卑怯、「精神勝利法」等等負面現象的關係，也有一些論者斷言阿 Q 不是一個農民，而是一個流氓無產者。這一論點在文本中的根據大致如下：阿 Q 是未莊唯一進過城的人，知道做魚的時候，城裏人要切蔥絲，不像未莊只切蔥段。他瞧不起城裏人，也瞧不起未莊的人不知道城裏人做魚的時候用蔥絲。他是一個遊蕩的人，沒有固定的居所，身份是一個僱工。這些論者從阿 Q 的僱工、僱農身份推出他是一個流氓無產者的結論，而

21 邱士杰：〈階級分析的隱沒：試論台灣政治經濟學討論之一側面〉（打印稿），第 6–7 頁。

22 陳湧：〈《阿 Q 正傳》是怎樣的作品〉，《中國青年》第 6 期，1949 年 4 月 15 日，第 34 頁。

流氓無產者的「革命」難免與渾水摸魚、投機、怯懦等現象糾纏在一起。

無論如何界定阿Q的階級身份，幾乎沒有人否定阿Q的「精神勝利法」也是民族病症的集中表達。〈阿Q正傳〉對於辛亥革命和農民或僱工階級的探索是一個重要的方面，沒有理由用國民性問題加以否定，而應該分析兩者之間是甚麼關係。將這個問題放在「鬼」或「國民性」的雙重性或對話關係中來討論，我們提出這樣的可能性：魯迅對辛亥革命的描繪是對國民性變化的客觀契機的探索，而阿Q的社會身份也表示國民性不是抽象的總體，而是依託在各不相同的社會身份及其關係之上的。人有十等，各各分離，國民性的總譜是凝聚在每一個階層的身份關係之上的。如果存在着一個能動地反思和呈現國民性的國民性，那麼，後者也意味着一種行動的客觀力量，即改造將人們相互隔絕的等級體系的行動。作為這一行動的結果，辛亥革命是一個國民自我改造的偉大事件，因而也是國民性的這一能動性的歷史性展開——辛亥革命提供了阿Q轉向革命的契機，但未能促發他的內部抗爭或掙扎。因此，「革命」只是作為偶然的或未經掙扎的本能的瞬間存在於阿 Q 的生命之中。沒有掙扎，意味着沒有產生主體的意志；但寫出了這一沒有掙扎的瞬間的魯迅，卻顯示了強烈的意志——辛亥革命的「不徹底性」其實也正是力圖將阿 Q 的本能的瞬間上升為意志的表達——它無法在阿 Q 的革命中獲得表達，而只能在對這場革命的反思中展現自身，而阿 Q 正是檢驗這場革命的試紙。因此，魯迅不但用革命審判了阿 Q，而且也用阿 Q 審判了革命，而使得這一雙重審判的視野得以發生的，就是「彷彿思想裏有鬼似的」那句話中的「鬼」。

在阿 Q 身上表現出的這種糾纏——即作為秩序維護者和本能的抵抗者的共在——正是魯迅對革命的探索的成果。這個探索的核心就是誰是革命主體這一問題。在資本主義和帝國主義體制確立的背景下，歐洲的社會主義者發明了「無產階級」這個概念，它被視為真正的、代表未來的革命主體。在整個二十世紀，關於革命和革命者的理解，無不被這一概念所影響。但是，在廣闊的非西方世界，在那些農業社會的生產方式佔據着主導地位但又被帝國主義捲入了全球勞動分工的社會裏，究竟誰是革命的主體、如何形成革命的主體，成為革命政治的核心問題。如同印度的庶民研究所發現的，在印度、中國和其他的非西方世界尋求革命主體的努力產生了一系列西方範疇——無產階級——的替代物，即農民、大眾、庶民等等。[23] 他們尚未被捲入工業資本主義的生產關係就已經被作為革命主體加以探尋了。馬克思主義者對於阿 Q 革命的批判正是基於無產階級的概念而展開的對於這個可能的革命主體的批判，他們不可避免地「重複」歐洲思想的那些基本範疇和相關的邏輯：阿 Q 是一個自在的農民，缺乏自覺的階級意識，而這也反映了中國資產階級革命的弱點——一個缺乏無產階級領導、從而也無從達到全面的階級自覺的革命。因此，也正像許多的啟蒙主義者一樣，馬克思主義者希望從阿 Q 的身上發現「意識」。他們共同地相信：阿 Q——

23 迪佩什・查卡拉巴提：〈作為機遇的滯後：庶民研究再研究〉，《迪佩什・查卡拉巴提讀本》（從西天到中土：印度新思潮讀本），第 55 頁。

正如整個中國一樣——需要一個從自在到自為、從本能到意識、從個人的盲動到從屬於某個政治集團的政治行動的過程。

然而,〈阿 Q 正傳〉沒有提示這一過程,它只是在阿 Q 的貌似重複的行動中發現了未經整理過的革命的契機——在這裏,「未經整理過的」這一修飾語的意思就是革命的本能。魯迅並沒有看低這個本能,相反,他揭示了這個本能被「意識」不斷壓抑和轉化的命運。這個壓抑和轉化的過程與其說是阿 Q 的心理慣性的結果,毋寧說是一個已經自然化的社會體制的規訓過程的產物。在他的小說中,魯迅並沒有從意識的角度去批判阿 Q 的本能,而是將這個本能不斷被壓抑的過程充分地展現出來——革命的主體並不能通過從本能到意識的過程而產生,而只能通過對於這一壓抑和轉化機制的持續的抵抗才能被重新塑造。正由於此,即便是本能的抵抗也蘊含了革命的可能性,而革命的可能性也因此與破壞性、重複性、盲目性共存。破壞性、重複性和盲目性可以毀掉革命的果實,卻不能成為對革命進行否定的理由。我們也可以說,作為一個革命者，阿 Q 對於革命的理解是「去政治化的」，但「去政治化」這一概念正是「政治」已經或曾經存在的標誌。革命伴隨着污穢——這是 1930 年魯迅對於左翼作家們的提醒，他沒有明言的話是污穢不能作為革命的否定。在他的聽眾當中，就坐着那些站在革命的立場斷言阿 Q 時代已經死去的年輕的、激進的青年。

二、直覺、重複與革命：阿Q生命中的六個瞬間

「阿 Q 是否真要做革命黨」

在各種有關〈阿 Q 正傳〉的評論中，阿 Q 的「精神勝利法」及其與國民性病症的關係始終居於中心地位。這篇小說與革命的關係也多是從對這個中心問題的解析中展開的。一九八〇年代，當研究者們開始使用心理分析的方法挖掘阿 Q 的意識、潛意識和本能的時候，阿 Q 對於「食色」的渴望被突出了，卻與革命相隔更加遙遠了。在這個時代的阿 Q 研究與革命文學論戰後的馬克思主義批評之間也有某些共同點，即對阿 Q 身上的革命潛能的漠視和忽略。那麼，魯迅所說的阿 Q 身上潛藏着的趨向革命的基因到底存在於何處呢？

說〈阿 Q 正傳〉是一篇關於革命的書，也許有點奇怪。在魯迅研究的歷史上，歐陽凡海（1912–1970）的《魯迅的書》曾經提出過，〈阿 Q 正傳〉的主要企圖是要從阿 Q 身上發掘革命種子，但論述得很抽象，分析的結論幾乎是自我否定的。[1] 邵荃麟（1906–1971）批評說，「這說法確是新穎，然而卻未免太主觀了。」「他從阿 Q 身上所發掘的，倒不是甚麼革命的種子，卻是幾千年來中國人奴隸的根性——也即是幾千年來傳統的封建統治階級和後來的帝國主義者用血教訓出來的奴隸失敗主義。」[2] 但魯迅的看法並非如此。在談及這篇作品從第二章即從「開心話」欄目移入「新文藝」欄目時，他回憶說：「這樣地一週一週挨下去，於是乎就不免發生阿 Q 可要做革命黨的問題了。」[3] 這個解釋常常被人提及，但並沒有得到普遍承認。鄭振鐸（1898–1958）對〈阿 Q 正傳〉有一個著名的批評，大致兩點，一是大團圓的結局，二是阿 Q 竟然做了革命黨。他說：

---

1 歐陽凡海：〈論《阿 Q 正傳》〉，《魯迅的書》，香港：聯營出版社，1949 年版，第 184–185 頁。

2 荃麟：〈關於《阿 Q 正傳》〉，《青年文藝》第 1 卷第 1 期，1942 年 10 月 10 日，第 42 頁。

3 魯迅：〈《阿 Q 正傳》的成因〉，《魯迅全集》第三卷，第 397 頁。

我在《晨報》上初讀此作之時，即不以為然……作者對於阿 Q 之收局太匆促了；他不欲再往下寫了，便如此隨意的給他以一個「大團圓」。像阿 Q 那樣的一個人，終於要做起革命黨來，終於受到那樣大團圓的結局，似乎連作者他自己在最初寫作時也是料不到的。至少在人格上似乎是兩個。[4]

鄭振鐸覺得阿 Q 就是這麼一個好玩、可憐、可恨的人，這個人竟然變成了革命黨，最後以「大團圓」的方式結束，有些不可信。因此，他認為阿 Q 人格上是兩個——一個是好玩、可憐、可恨的人，另一個是革命黨。

魯迅很重視鄭振鐸的批評，但不以為然。1926 年 12 月 18 日，他在上海《北新》週刊 18 期上發表〈《阿 Q 正傳》的成因〉，說明作品的來龍去脈，其中主要針對的批評性看法，就是鄭振鐸的評論。魯迅說：

4 西諦（鄭振鐸）：〈吶喊〉，《文學週報》第 251 期，1926 年 11 月 21 日，第 50 頁。

阿Q是否真要做革命黨，即使真做了革命黨，在人格上是否似乎是兩個，現在姑且勿論。單是這篇東西的成因，説起來就要很費功夫了。我常常説，我的文章不是湧出來的，是擠出來的。聽的人往往誤解為謙遜，其實是真情。我沒有甚麼話要説，也沒有甚麼文章要做，但有一種自害的脾氣，是有時不免去吶喊幾聲，想給人們去添點熱鬧。……

近幾年《吶喊》有這許多人去看，當初是萬料不到的，而且連料也沒有料。不過是依了相識者的希望，要我寫一點東西就寫一點東西。……

現在是有人以為我想做甚麼狗首領了，真可憐，偵察了百來回，竟還不明白。我就從不曾插了魯迅的旗去訪過一次人；「魯迅即周樹人」，是別人查出來的。……[5]

5 魯迅：〈《阿 Q 正傳》的成因〉，《魯迅全集》第三卷，第 394–395 頁。

魯迅懸置了阿 Q 是否真要做革命黨以及人格上是否「似乎是兩個」的問題，說自己的東西是擠出來的，暗示其結局並非從頭預設。他的最初的動機是寫出國民的靈魂。他在給俄文本的序中說：

> 要畫出這樣沉默的國民的魂靈來，在中國實在算一件難事，因為，已經說過，我們究竟還是未經革新的古國的人民，所以也還是各不相通，並且連自己的手也幾乎不懂自己的足。我雖然竭力想摸索人們的魂靈，但時時總自憾有些隔膜。在將來，圍在高牆裏面的一切人眾，該會自己覺醒，走出，都來開口的罷，而現在還少見，所以我也只得依了自己的覺察，孤寂地姑且將這些寫出，作為在我的眼裏所經過的中國的人生。[6]

國民的靈魂是沉默的，因為他們各不相同，連自己的手也幾乎不懂自己的足。革命或不革命，與國民的關

---

6 魯迅：〈俄文譯本《阿 Q 正傳》序及著者自敘傳略〉，《魯迅全集》第七卷，第 84 頁。

係，從一開始就不是清晰的，因為人們不但不了解他人，而且也並不了解自己。他們是圍在高牆裏的人，沒有聲音，而魯迅「竭力想摸索人們的靈魂」，「依了自己的覺察，孤寂地姑且將這些寫出」。「孤寂」這個詞與〈《吶喊》自序〉裏關於「寂寞」的敘述有些呼應的關係，[7] 但孤寂而要寫出，就已經有了「開口」的意思。或者說，感到了「孤寂」就是「吶喊」的前夜了。魯迅說自己不是阿 Q，但又強調阿 Q 是中國人的影子，就此而言，魯迅也是在這個相互隔絕的、傳統的中國人的譜裏面生活的一個人。他把自己對於隔絕的寫作也凝聚在敘述裏，「孤寂地姑且將這些寫出」，造成了一種獨特的敘述效果。〈阿 Q 正傳〉用這樣一個方法，以最客觀的語調敘述人物及其故事，得到的是一個寓言式的構造——連同「孤寂地姑且寫出」的作者也是他所寫的「中國的人生」的一環。

7　〈《吶喊》自序〉：「凡有一人的主張，得了贊和，是促其前進的，得了反對，是促其奮鬥的，獨有叫喊於生人中，而生人並無反應，既非贊同，也無反對，如置身毫無邊際的荒原，無可措手的了，這是怎樣的悲哀呵，我於是以我所感到者為寂寞。這寂寞又一天一天的長大起來，如大毒蛇，纏住了我的靈魂了。」《魯迅全集》第一卷，第 439 頁。

就是在這一孤寂的摸索中，他發覺了阿 Q 革命的不可避免性：

> 據我的意思，中國倘不革命，阿 Q 便不做，既然革命，就會做的。我的阿 Q 的運命，也只能如此，人格也恐怕並不是兩個。民國元年已經過去，無可追蹤了，但此後倘再有改革，我相信還會有阿 Q 似的革命黨出現。我也很願意如人們所說，我只寫出了現在以前的或一時期，但我還恐怕我所看見的並非現代的前身，而是其後，或者竟是二三十年之後。其實這也不算辱沒了革命黨，阿 Q 究竟已經用竹筷盤上他的辮子了；……[8]

把這段話放在與鄭振鐸對話的語境中，其實還是有難解之處。魯迅認為將阿 Q 描寫為革命黨並不算「辱沒」了革命黨，而且阿 Q 的革命並非前現代的革命或者現代的前身，而是「二三十年之後」的中國人的命運。因此，理解〈阿 Q 正傳〉的關鍵就在於尋找沉

8　魯迅：〈《阿 Q 正傳》的成因〉，《魯迅全集》第三卷，第 397 頁。

默的國民的靈魂為甚麼內在地包含着革命的——或者說，這樣一種革命的——潛能。

但是，到底怎麼去理解這一潛能？首先，如果阿Q僅僅是國民性或民族劣根性的表達，那麼，革命就不是內在的，因為我們無法從「精神勝利法」中找到革命的必然性，我們也無法從各自隔絕的孤寂中找到吶喊的可能性；如果國民的靈魂中不是內在地包含這一潛能，阿Q的人格就是兩個，歷來的分析似乎沒有在文本中找到這些內在的依據，魯迅的不滿也因此而生。1930年，王喬南（1896–？）將〈阿Q正傳〉改編為電影文學劇本〈女人與麪包〉，並寫信徵求魯迅的意見。魯迅回答說：「我的意見，以為〈阿Q正傳〉，實無改編劇本及電影的要素，因為一上演台，將只剩滑稽，而我之作此篇，實不以滑稽或哀憐為目的，其中情景，恐中國此刻的『明星』是無法表現的。」[9] 王喬南式的詮釋是失敗的閱讀，魯迅的不滿大概就源於這樣的解釋仍然將阿Q的性格單面化了。

9　魯迅：〈致王喬南〉，《魯迅全集》第12卷，第245頁。

其次，從表面看，阿 Q 的革命只是對於舊模式、舊習慣的重複，但如果僅此而已，革命又有甚麼意義呢？在這裏也許需要解釋魯迅對於重複與革命之間的關係的某種理解，而其前提是區分兩種重複，或者區分輪迴與重複之間的差異。輪迴，也就是第一種重複，是一種自我回歸的現象，前一個狀態與後一個狀態之間沒有質的差別；重複，是一種再度出現的行為方式和現象，但對應着獨特的問題和事件，從而不能在「輪迴」的意義上加以解釋。魯迅在這段話中提及了兩個與阿 Q 的革命有關的條件：一是中國發生革命，二是作為革命的後果的、已經難以追蹤的「民國元年」。阿 Q 的革命不同於先前的任何同類的行動，這不是由阿 Q 的動機決定的，而是由革命這一事件決定的。革命以重複的形式出現，卻包含着不可重複性，否則怎麼能說「民國元年已經過去，無可追蹤了」呢？「民國元年」是獨特的事件。魯迅的這段話中提到了革命與改革的重複性，也在這個意義上指出了阿 Q 革命的重複性——重複具有兩重性，即一方面是在時間的軸線上與過去的關聯，另一方面是在空間的關係上與中心事件的互動。正由於此，每一個重複性之中都包含了與前一個重複性不同的獨特內含，而這種內含又是通過重複及其克服來呈現的。因此，要準確地理解阿 Q 的革命還要理解他的行動與作為「事件」的革命之間的關係。在我閱讀中，阿 Q 的「重複」是以六個瞬間之間的質量上的區分為線索的。

與大多數批評家將重心放在總結阿 Q 的「精神勝利法」上不同，我的分析集中在「精神勝利法」的偶爾的失效，重點提出阿 Q 人生中的、內在於他的性格和命運的六個瞬間。除了個別的瞬間（阿 Q 臨死的瞬間）曾在寫作方法上被反覆提及外，其他瞬間在大多數分析中幾乎完全被忽略了。[10] 這些瞬間是阿 Q 喪

---

10 在眾多的研究中，日本學者對阿 Q 身上的某些積極要素做過簡要的分析，這一點大概源於竹內好對於寫作阿 Q 的人與阿 Q 之間的關係的發問。例如，木山英雄注意到「阿 Q 的感覺遲鈍直接與作者的敏感重疊在一起」，「作者從自己所確信的黑暗中，塑造了一個黑暗的積極人物。」（木山英雄：《文學復古與文學革命》，北京：北京大學出版社，2004，第 13–14 頁）丸尾常喜在分析阿 Q 上刑場前看到狼的眼睛的瞬間時，也特別指出「阿 Q 此時被這種眼睛的可怕與自己（或自己們）的深深孤獨所壓倒。」（《「人」與「鬼」的糾葛——魯迅小說論析》，北京：人民文學出版社，1995，第 149 頁）但是，他們都沒有論述過阿 Q 身上的這些要素與革命的關係。

失自我控制的片刻，也是「精神勝利法」失效的一霎那，在魯迅的筆下，常常也是一筆帶過。將這些瞬間加起來，總共是否超過一分鐘，我也不得而知，但我可以確定的是：這些瞬間不但對於解釋阿 Q 與革命的關係至關重要，而且對於理解阿 Q 的人生而言也不可或缺。這些瞬間似乎只是某些重複的現象，但質量不同，也就是說重複中隱含着變化。所謂變化不能從阿 Q 的個別行動的動機的角度加以分析，即不能從時間的軸線上加以解釋，還必須將這些瞬間作為對他的周遭秩序正在發生的變動的回應來加以分析，也就是從阿 Q 的心理和行動的重複性中觀察新因素的萌動。如果沒有對於這些瞬間的解釋，〈阿 Q 正傳〉的基調就純為負面的，也可以說是徹頭徹尾的虛無主義——這不正是許多闡釋者，包括他的胞弟，經常強調的嗎？但若果真如此，阿 Q 的革命也就成為無從解釋的神秘事件了。

「正傳」作為正史的譜系

在分析這些瞬間之前，我們需要對作品的序文做一點分析。這個小說被翻譯成法文本的時候，譯者或者刊載譯文的雜誌將這個序去掉了。魯迅曾特別談到法文本將序刪掉這件事，但沒有多說。對於魯迅來說，這個序很關鍵。沒有這個序，作品的反諷結構就很難呈現。這個序的一個部分是講「正傳」一詞的含義。

> 我要給阿Q做正傳，已經不止一兩年了。但一面要做，一面又往回想，足見我不是一個「立言」的人。因為從來不朽之筆，須傳不朽之人，於是人以文傳，文以人傳——究竟誰靠誰傳，漸漸的不甚了然起來，而終於歸結到傳阿Q，彷彿思想裏有鬼似的。[11]

11　魯迅：〈阿Q正傳〉，《魯迅全集》第一卷，第512頁。

假定阿 Q 的特徵之一是「第一個能夠自輕自賤的人」的話，這個作者也是如此，他說自己不是一個「立言」的人。後面說做傳是速朽的，不是為了不朽。通過對傳主阿 Q 和寫傳的人加以嘲諷，魯迅提供了一個反諷的敘述——反諷的寓意只有在與正史的關係中才能充分地呈現。魯迅是憎惡寫傳記的，1936 年，李霽野（1904–1997）曾寫信建議魯迅寫自傳或協助許廣平（1898–1968）寫一部魯迅傳，他回答說：「我是不寫自傳也不熱心於別人給我作傳的，因為一生太平凡，倘使這樣的也可做傳，那麼，中國一下子可以有四萬萬部傳記，真將塞破圖書館。我有許多小小的想頭和言語，時時隨風而逝，固然似乎可惜，但其實，亦不過小事情而已。」[12] 這裏的敘述也有「速朽」的意思，與〈阿 Q 正傳〉有關「正傳」的解釋頗有相通之處。在《野草》裏有一篇作品叫〈死後〉。一個人死了之後躺在路上，蒼蠅圍着他飛。這

12 魯迅：〈致李霽野〉（1936 年 5 月 8 日），《魯迅全集》第 14 卷，第 95 頁。

個人雖然死了，但是感覺還在，蒼蠅圍着他飛，津津有味，不肯散去。那些蒼蠅就像是寫傳的人一樣。所以魯迅對於做傳這件事情，一向是很帶諷喻的態度的。

但為甚麼要寫「正傳」呢？按照魯迅對中國歷史的看法，做傳這件事情聯繫着的是整個權力譜系，所謂「人有十等」，將人相互隔絕以至自己的手與足也無從相應的，也正是這個譜系。中國的「正史」正是與這一權力譜系相應的書寫譜系。「傳的名目很繁多：列傳，自傳，內傳，外傳，家傳，小傳……」，但沒有一個適合於阿 Q。於是，「作者」從「……所謂『閒話休題言歸正傳』這一句套話裏，取出『正傳』兩個字來，作為名目」。「正傳」是一個反語，是正史及其譜系的反面。《史記》的開篇是〈五帝本紀〉——帝王位列本紀，孔子則為「世家」。孔子本來是諸子當中的一個，但老、墨、孟、荀、莊等諸子入「傳」，唯獨孔子貴為「世家」，表示在漢代的權力圖譜中，孔子已經凌駕於諸子之上。康有為（1858–1927）在《孔子改制考》裏面對於《史記》將孔子列為「世家」

很不滿，他先寫諸子並爭，儒墨脫穎而出；再寫儒墨並爭，孔子脫穎而出，成為中國的立法者，所謂「素王」、「新王」。按照這個地位，孔子應該列為「本紀」，與帝王同。康有為頗有為歷史立法的雄心，要是他再寫一部《史記》的話，〈五帝本紀〉後面就該是〈孔子本紀〉，而不是〈孔子世家〉，因為在他看來，孔子是中國歷史上最偉大的立法者。我看今天許多人很希望將孔子的形象獨自塑立於歷史廣場的中心，而另一些人則大談諸子百家，認為諸子並爭的歷史及其結果不能做數。他們不肯接受這個孔子在中國歷史中的「本紀」地位。但從「下里巴人」的角度看，本紀–世家–列傳構成了一個譜系，如今所爭的也只是某個歷史人物在這個譜系中的位次的問題。從這個角度說，魯迅提出的，是「人民的歷史」這個真正的現代問題。

按照舊譜系，阿Q沒有資格入傳，作者「巴人」也沒有資格作傳。魯迅用「正傳」為阿Q寫傳，將作者的名字確定為「下里巴人」之「巴人」，自然不是古代意義上「傳」的意思。將「正傳」與傳或列傳、世家、本紀列在一起，是為了呈現中國人的譜系之外的或之下的譜系。正史的譜系是一個由等級權力構成的、各各分離的圖譜，正史中的「傳」就是一套名分譜系的凝聚。而「正傳」這個詞不但表達了那些被排除在正史圖譜之外的譜系，而且「正」這個字也反諷地將正史的譜系給顛覆了。我將「正傳」視為「正史」的譜系，是在尼采（Friedrich Wilhelm Nietzsche, 1844–1900）、福柯（Michel Foucault, 1926–1984）的意義上說的。尼采將惡視為道德的譜系，就好像費爾巴哈（Ludwig Andreas von Feuerbach, 1804–1872）將人視為上帝的譜系、馬克思（Karl Marx, 1818–1883）將社會關係視為人的譜系一樣。將惡作為道德的譜系，是對基督教道德體系的革命性顛覆；將人視為上帝的譜系，是對基督教世界觀的革命性顛覆；將社會關係——尤其階級關係——視為人的譜系，是對資產階級普遍人性觀和歷史觀的革命性顛覆。譜系學在這個意義上是革命性的。「正傳」正是「本紀–世家–列傳」的這一譜系的譜系——沒有「正傳」，就不能了解正史譜系及其規則是如何確立的。有傳，就意味着有世家、有本紀；不僅如此，有傳，也意味着一個更為廣大的、被排除在這個譜系之外的譜系，但這個譜系之外的譜系只能以「無」的形式存在。若沒有由「正傳」所代表的、沒有名分的世系，譜系及其名分就不可能成立；倒過來，若「正傳」破土而出，正史的譜系就面臨着危機。在這個意義上，革命與「正傳」——亦即被壓抑在正史圖譜之外的世界——之間有着某種天然的關係。像「我」這樣一個實在不足道的人來給不足道的阿 Q 立傳，那只能是「正傳」了——但「正傳」居然被寫出，而且堂而皇之地登在報紙上，不就和辛亥革命之後「阿 Q 究竟已經用竹筷盤上他的辮子了」一樣，意味着一種秩序的變動、意味着革命並非全然地虛無嗎？

因此，為阿 Q 寫正傳是一個將「無」召喚為「有」的革命行動——「正傳」的存在顛覆了正史譜系的完整性和系統性，人們由此知道譜系之外別有譜系，「無」並非無，「無」只是被壓抑的有。立傳的通例，要知道他姓甚麼，但阿 Q 沒有姓。好像姓過一回趙，但很快就不姓了，趙老太爺說：「你怎麼會姓趙！——

你那裏配姓趙！」[13] 接下來是名的問題，但也同樣闕如。阿 Q 的名字到底怎麼寫，也不知道，大家都叫他阿 Quei，後來還有別的拼法，「死了以後，便沒有一個人再叫阿 Quei 了，那裏還會有『著之竹帛』的事」。[14] 傳記需要「正名」，姓名都沒有怎麼立傳呢？但阿 Q 非但沒有姓名，而且沒有來歷。魯迅專門討論了阿 Q 的籍貫問題。阿 Q 多住未莊，但也常住別的地方，不能說是未莊人。「即使說是『未莊人也』，也仍然有乖史法的。」[15] 在第二章〈優勝記略〉中，作者又補充說，「阿 Q 不獨姓名籍貫有些渺茫，連他先前的『行狀』也渺茫。因為未莊的人們之於阿 Q，只要他幫忙，只拿他玩笑，從來沒有留心他的『行狀』的。」[16] 他住在土穀祠，但那裏不是他的家；他給人做工，但沒有固定的職業。阿 Q 是一個沒有姓、沒有名、沒有來歷、沒有行狀、沒有家、沒有職業的

13 魯迅：〈阿 Q 正傳〉，《魯迅全集》第一卷，第 513 頁。

14 同上，第 514 頁。

15 同上。

16 同上，第 515 頁。

人，不具備任何入「傳」的起碼要素。在正史的譜系中，沒有姓、沒有名、沒有來歷，不就等同於不存在亦即「無」嗎？將「無」召喚為「有」，那些有姓、有名、有來歷的歷史人物及其譜系不就處於危險的境地了嗎？

魯迅的寫作技巧中的一個突出特徵，是在敍述某時某地的一件事情時，通過敍述，以一種插入的方式，將當下發生的事件與過去的事件並列起來。《故事新編》中有很多這樣的例子，魯迅將之稱為「油滑」，[17] 王瑤（1914–1989）也借魯迅雜文中的說法，將之比擬為目連戲中的二丑藝術——在目連戲（其實也包括其他傳統戲劇）中，二丑可以穿越時空，既在戲劇情節內部，又可以轉身與現場觀眾對話。[18] 這個方法其實不獨在《故事新編》中，其他作品也有類似的手法。例如，作者跳出關於阿 Q 生活的時空交代說，阿 Q 的「Q」是一個洋字，「照英國流行的拼法寫

17　魯迅：〈故事新編・序言〉，《魯迅全集》第二卷，第 353 頁。

18　王瑤：〈《故事新編》散論〉，《魯迅作品論集》，北京：人民文學出版社，1984。

他為阿 Quei，略作阿 Q。這近於盲從《新青年》，自己也很抱歉。但茂才公尚且不知，我還有甚麼好辦法呢。」[19] 他將《新青年》與中國社會的緊張關係，通過反諷的方式植入故事，也恰好表達了《新青年》所代表的基本價值：名詞的問題、正名的問題，是新文化運動和白話文運動中的關鍵問題。為甚麼一個語言形式的變遷會引發那麼大的爭論呢？因為語言與命名關係密切，它最終涉及名實問題，以及與名實問題直接相關的秩序問題。跟正名有關，阿 Q 沒有姓名，沒有來歷，只能用《新青年》倡導的洋字 Q 來表達，舊有的語言秩序中沒有他的位置——如果作為異己的洋字也變成了中國語言秩序的一部分，這不是說現代的國人的靈魂（它也只能通過語言來呈現）不是也包含了異己的要素嗎？這個異己的要素是反思的契機。

魯迅對於《新青年》也不是一味稱讚的，他是經常從新中看出舊、從激進中看出保守、從變化中看出倒退的人。新文化運動退潮期的「整理國故」的運

19 魯迅：〈阿 Q 正傳〉，《魯迅全集》第一卷，第 514 頁。

動和歷史研究中的實證主義就是例子。魯迅將矛頭對準了以科學方法整理國故和敘述歷史的潮流。他語帶譏諷地說：

> 我所聊以自慰的，是還有一個「阿」字非常正確，絕無附會假借的缺點，頗可以就正於通人。至於其餘，卻都非淺學所能穿鑿，只希望有「歷史癖與考據癖」的胡適之先生的門人們，將來或者能夠尋出許多新端緒來，但是我這〈阿Q正傳〉到那時卻又怕早經消滅了。[20]

阿Q是從「無」——無名亦無實——中產生的，倘若用胡適（1891–1962）倡導的實證主義的考據方法來論證，阿Q的位置大概與其在傳統正史中的位置一樣，是無法證明其存在因而也就不存在的人物。這裏洋字代表的異己的文化又被自我顛覆了。魯迅的這段話暗示了他與胡適、《古史辨》派以及整個現代實

20 同上，第515頁。

證主義史學之間的對立——實證主義史學發端之時，將神話、傳說的時代一併腰斬，頗有幾分反傳統的味道；但它也像正史譜系一樣，將一切普通人民口傳中的人物、事跡、故事作為無法實證的事實排除在「歷史」範疇之外。

因此，現代史學也誕生在將「正傳」重新歸於「無」之時，它的歷史秩序也是通過排除法才得以完成的。從正史的或實證主義史學的觀念看，若不是作者「有鬼似的」，〈阿 Q 正傳〉斷不可能產生；阿 Q 不能入史，不但因為他無名而難以證實，而且也因為「歷史」這一範疇就是通過一套名實範疇的排他關係才得以確立的。在這個意義上，〈阿 Q 正傳〉不但是對傳統歷史譜系的顛覆，也是對現代實證主義歷史觀及其知識譜系的拒絕。關於魯迅與這一奠基於考據癖、歷史癖之上的實證主義歷史觀的對立，我們在討論《故事新編》時會進一步展開，但這句諷喻的話隱含的內容在這裏卻不能不提，因為革命與歷史觀的斷裂有着絕大的干係。

六個瞬間之一、二：「失敗的苦痛」與「無可適從」

第一章即序之後，共計有八章，「優勝記略」、「續優勝記略」、「戀愛的悲劇」、「生計問題」、「從中興到末路」、「革命」、「不准革命」和「大團圓」。這是阿 Q 的故事。歷來的敍述都認為阿 Q 是一個沒有自我的人，是一個畫像或類型，一個凝聚了中華民族的某些特徵的寓言性人物。換句話說，阿 Q 只是在抽象的意義上或類型的意義上是真實的，但絕不是一個真實的個人。阿 Q 的「精神勝利法」，他的卑怯、怯懦，作品中有許多生動的描述，也就是所謂民族劣根性的表現。但我們能不能找出一些片段、一些時刻、一些契機，說明阿 Q 生命中存在着某種個人覺悟的可能性？魯迅要畫出國人的靈魂，但同時還要表達阿 Q 的革命潛能，如果沒有某種個人生命內部萌動的契機，魯迅的這句話就無從落實。這個契機，象徵地說，自然也可以說是民族靈魂變化的契機，但首先必須呈現為一種作為真實的個人的具體感受的反應方式。阿 Q 是一個永遠不能用自己的思想來思想的人，他永遠生活在幻覺裏面，不斷地編織着關於他自己、別人和整個社會的故事。他有許多故事，有許多關於他自己的「意識」，卻沒有自我。因此，這些瞬間不能從他的意識、自我意識中去尋找，而必須從他的潛意識或本能之中去發掘。只有在他無法控制的領域，我們才能找到阿 Q 革命的契機。「五四」時代的啟蒙者們期望通過新文化喚起國民的自我意識，在他們看來，中國國民性的病根就在於缺乏自我意識。聖經賢傳為我們列了規矩，告訴我們怎麼做，我們就怎麼做。如果感到痛苦，我們就需要編一個故事將這個痛苦合理化。但魯迅在〈阿 Q 正傳〉中要挖掘的是另一些東西，一些稍縱即逝的東西，一些不斷被編織故事的慾望所遮蓋的本能或慾望。

我認為阿 Q 有幾次要覺醒的意思。這裏說的覺醒不是成為革命者的覺醒，而是對於自己的處境的本能的貼近。我們不妨問一問：在甚麼時候，阿 Q 的自我表達與他自己的處境之間的關係最吻合？阿

Q總是在為自己編造各種故事。第二章開頭談他的行狀：

……未莊的人們之於阿Q，只要他幫忙，只拿他玩笑，從來沒有留心他的「行狀」的。而阿Q自己也不說，獨有和別人口角的時候，間或瞪着眼睛道：

「我們先前——比你闊的多啦！你算是甚麼東西！」[21]

阿Q對別人的蔑視、崇拜，或各種各樣的態度，都是以他給自己所編的故事為前提的。這些故事與他的實際處境相隔萬里。「阿Q『先前』闊，見識高，而且『真能做』，本來幾乎是一個『完人』了，但可惜他體質上還有一些缺點。」魯迅的寫作是按照他的一個一個特點寫下來的。在阿Q將自己塑造成完人的時候，魯迅寫出了他體質上的缺點，就是頭皮上的癩

21 同上，第515頁。

瘡疤。這是他要避諱的地方。但皇帝有各種諱，阿Q也像那些皇帝一樣，對於賴、光、亮、燈、燭等相關的詞都「諱」將起來；在無法抵擋別人的時候，他的對抗是「你還不配……」即便被打，他「心裏想：『我總算被兒子打了，現在的世界真不像樣……』」這種不屈不饒的拒絕失敗的態度在第二章「優勝記略」最後的部分，倒數第三節，第一次遇到了一點麻煩。這次是寫他賭錢，偶然一次贏了，結果因為打架，不但被人打了，而且白花花的銀子也被人拿去了。他的慣性是用「被兒子拿去了罷」來解釋，但在一個極快的瞬間，他不免有些「忽忽不樂」：

> 很白很亮的一堆洋錢！而且是他的——現在不見了！說是算被兒子拿去了罷，總還是忽忽不樂；說自己是蟲豸罷，也還是忽忽不樂：他這回才有些感到失敗的苦痛了。[22]

---

22 同上，第519頁。

中國一向少有失敗的英雄，祭奠叛徒的弔客。這是魯迅批評中國人不懂得失敗、也不承認失敗時說的話。阿Q在這裏忽然有了一點失敗的感覺，但魯迅並沒有大肆渲染，而只是連用兩次「忽忽不樂」，點到為止。「感到失敗的痛苦」不正是說阿Q的本能中潛藏着突破缺乏失敗感的國民性的契機嗎？但這個契機稍縱即逝，「他立刻轉敗為勝了」。魯迅說他寫第二章的時候，越來越嚴肅起來，那麼，到底是甚麼東西讓他的敍述發生了變化？假如沒有阿Q的這個瞬間的失敗感，我們很難理解魯迅的沉重——我以為促使了第二章寫法上的變化的，也正是阿Q瞬間流露的失敗感。

「精神勝利法」的最重要的特徵就是對失敗的否定，即當失敗接踵到來的時候，「精神勝利法」賦予阿Q一個強大的心理機制，通過編造另一套敍述以贏得勝利。第三章「續優勝記略」，阿Q繼續編撰他的勝利故事。在這一章裏，魯迅也寫了一次失敗，就是被王胡打了的那一瞬間：

> 在阿Q的記憶上，這大約要算是生平第一件的屈辱，因為王胡以絡腮鬍子的缺點，向來只被他奚落，從沒有奚落他，更不必說動手了。而他現在竟動手，很意外，難道真如市上所說，皇帝已經停了考，不要秀才和舉人了，因此趙家減了威風，因此他們也便小覷了他麼？
>
> 阿Q無可適從的站着。[23]

阿Q的「精神勝利法」是通過將自己納入一個等級秩序才得以完成的，王胡首先打破了這個秩序，讓他受到震動，即便他立刻以「皇帝已經停了考」、「趙家減了威風」來修補這個秩序，他還是有一瞬間「無可適從地站着」。魯迅沒有寫他想甚麼，甚至沒有像上一章那樣寫他的失敗的痛苦，而是寫他喪失自我編織故事的能力的片刻——這個片刻就像上個片刻一樣，是對失敗的瞬間確認。「無可適從的站着」的片刻是阿

23　同上，第521頁。

Q 與他的真實命運獲得契合的短暫過渡，這個契機的出現，除了與被王胡所打這一直接事件外，魯迅也暗示晚清時代劇烈的秩序變遷也是阿 Q 處於「無所適從」狀態的外部條件。在這個意義上，這一時代的變遷具有某種不同以往的一切事件的性質。但阿 Q 還是很快就從其他的方式中獲得了拯救。此後他被假洋鬼子的哭喪棒所打，雖然是生平第二件屈辱，但通過「忘卻」，他幾乎連上一個瞬間也沒有經歷，就轉向了新的勝利。這一章的最後一個故事，是他調戲小尼姑，得意地笑。在整個第三章中，只有「無可適從的站着」這一句話突破了阿 Q 的自我敘述，讓他與自己置身的處境之間有着關聯，其他的部分都是講述阿 Q 如何通過自我敘述與自己的現實相隔絕。因此，這是最微妙的部分，只有一句話。就是這一句話讓我們意識到阿 Q 不僅是一般的類型，而且也是一個活生生的、仍然在發展着的人格。他的身上有一些他自己無法控制的東西在萌動。

六個瞬間之三、四：
性與饑餓，生存本能的突破

第四章「戀愛的悲劇」。這一部分的敘述與前面幾章不同，完全按照阿 Q 的本能來寫。調戲小尼姑的勝利「使他有些異樣」——他開始想女人了。調戲小尼姑之後的「飄飄然」突破了他相信的男女之大防，以至於見到趙太爺家裏唯一的女僕，他竟無法自控地對吳媽說：「我和你睏覺，我和你睏覺！」並「忽然搶上去，對伊跪下了」。這一刻完全出於本能，即便在吳媽跑開後，他還是「對了牆壁跪着也發愣，於是兩手扶着空板凳，慢慢的站起來，彷彿覺得有些糟」。在這一節的後半，魯迅寫了阿 Q 的健忘，但沒有寫他的辯護。這一章還第一次出現了「造反」這個詞，是在地保教訓阿 Q 的話中：

「阿 Q，你的媽媽的！你連趙家的用人都調

> 戲起來，簡直是造反。害得我晚上沒有覺睡，你的媽媽的！……」[24]

說阿Q「造反」，是因為他連趙家的傭人都調戲起來，森嚴的等級秩序，以及阿Q對這個秩序的尊崇，被阿Q的性本能突破了。阿Q的造反行動是在無意識中完成的——他對着一個女人跪下了，根本沒有意識到自己嘴裏在說甚麼。

第四章的末尾，魯迅以極為簡潔的方式提示「精神勝利法」失效的另一瞬間。阿Q竟然沒有了編造故事的慾望和能力，敘述近於平鋪直敘。但也正是這種平鋪直敘，預示着某些變化的發生——平鋪直敘意味着修辭、裝飾、編造的終止，意味着現實開始裸露自身。到第五章，微妙的轉變終於出現了。這一章的開篇第一句是：

> 阿Q禮畢之後，仍舊回到土穀祠，太陽下去了，漸漸覺得世上有些古怪。[25]

---

24 同上，第528頁。

25 同上。

對於「古怪」的第一個解釋是「赤膊」:「他仔細一想，終於醒悟過來：其原因蓋在自己的赤膊。……」寒冷的感覺是一種無法用故事驅除的東西，因此是古怪的。對於古怪的第二個解釋是女人的態度：他在街上逛的時候，「又漸漸的覺得世上有些古怪了。彷彿從這一天起，未莊的女人們忽然都怕了羞，伊們一見阿Q走來，便個個躲進門裏去。甚而至於將近五十歲的鄒七嫂，也跟着別人亂鑽，而且將十一歲的女兒都叫進去了。阿Q很以為奇，而且想:『這些東西忽然都學起小姐模樣來了。這娼婦們……』」這是在他的性本能被喚起之後，再度被這個世界的女人拒絕的無奈。對於古怪的第三個也是更為根本的解釋源自阿Q對生存條件的改變的敏感：

> 但他更覺得世上有些古怪，卻是許多日以後的事。其一，酒店不肯賒欠了；其二，管土穀祠的老頭子說些廢話，似乎叫他走；其三，他雖然記不清多少日，但確乎有許多日，沒有一個人來叫他做短工。酒店不賒，熬着也罷了；老頭子催

> 他走，嚕蘇一通也就算了；只是沒有人來叫他做短工，……[26]

從失去衣服後的寒冷，到被打之後的女人的態度，最後是無工可做之後的饑餓。古怪是一種脫出常軌的感覺，在這裏與本能、生理性反應直接有關——不是阿Q的意識，而是他的本能、直覺與無法自我控制的生理性反應成為一個契機，一個讓他無法回到常態的機制。這裏顯然有某種東西在萌動，是甚麼呢？

從第二章到第四章，小說的敍述維持了一個說書人「言歸正傳」的客觀視角，但從第五章「生計問題」開始，第二章、第三章、第四章中的個別因素逐漸發展起來，促成了敍事上的一個重要轉變。我把這個轉變概括為敍述上的主觀化過程。第二章的「失敗的味道」、第三章的「無所適從的站着」、第四章的「不由自主地跪下」，都是從旁知的視角寫阿Q，即便寫性本能的衝動，主觀的視角也隱而未發。第五章仍然從

26 同上，第529頁。

旁知視角展開，但敍述過程揉入主觀的因素，在某些時候，甚至替換為阿 Q 的視角。我們可以說這些敍述既在旁知的視角裏，也在阿 Q 的視角裏了。寒冷、性匱乏、饑餓是很難從旁知角度寫的，但也不能從阿 Q 的角度寫，因為他並沒有表述自己的直覺的能力。在與小 D 打架的那一幕，本來他應該佔上風，但由於饑餓，結果竟是令他感到羞辱的不相上下。後面的一段敍述是客觀的，但滲透了切膚之感，我們忽然體會到了某種抒情的味道：

> 有一日很溫和，微風拂拂的頗有些夏意了，阿 Q 卻覺得寒冷起來，但這還可擔當，第一倒是肚子餓。棉被、氈帽、布衫，早已沒有了，其次就賣了棉襖；現在有褲子，卻萬不可脫的；有破夾襖，又除了送人做鞋底之外，決定賣不出錢……他決計出門求食去了。[27]

在這一段落之後，有兩個在敍述上非常特別的小節：

---

27 同上，第 531 頁。

> 他在路上走着要「求食」，看見熟識的酒店，看見熟識的饅頭，但他都走過了，不但沒有暫停，而且並不想要。他所求的不是這類東西了；他求的是甚麼東西，他自己不知道。
>
> 未莊本不是大村鎮，不多時便走盡了。村外多是水田，滿眼是新秧的嫩綠，夾着幾個圓形的活動的黑點，便是耕田的農夫。阿 Q 並不賞鑒這田家樂，卻只是走，因為他直覺的知道這與他的「求食」之道很遼遠的。但他終於走到靜修庵的牆外了。[28]

說書人用全知的視角，但這裏只是形式上的全知，因為敘述中不但有從旁體會的內涵，也有主觀的內容。這兩節中的他或阿 Q 全部可以替換為「我」：我在路上走着，想要求食、乞討，但看見熟識的酒店、熟識的饅頭，我都走過了，不但沒有暫停，而且並不想要。我所求的不是這類東西，但是甚

28 同上。

麼呢？我自己也不知道。阿 Q 不知道自己要求甚麼。這裏有一種微妙的敍事上的轉換，即將阿 Q 的視角帶入了敍述。在這一敍述的轉換中，魯迅展開了一幅農家樂的風景描寫：水田、新秧的嫩綠，夾着幾個圓形的活動的黑點，是耕田的農夫。但「我」並不賞鑒這田家樂，只是走，因為「我」直覺地知道這些與「求食」很遼遠——很遼遠的意思不僅是客觀上的遙遠，而且也是主觀上的茫然。阿 Q 竟然不知道自己要甚麼了。只是在這之後，魯迅重新回到了客觀敍述：「但他終於走到靜修庵的牆外了。」

這段敍述裏有兩點值得分析：第一是出現了風景描寫和抒情因素。阿 Q 是一個在「精神勝利法」與生存本能雙重支配下生存的人，風景與抒情一向與他無關，但在這段求食的途中，與某種抒情的調子相伴隨，風景出現了——風景在這裏是相對於阿 Q 的內部世界的封閉性而言的，風景的出現在此與他對食物喪失了片刻的慾求的瞬間有關——熟悉的酒店、熟悉的饅頭現在與水田、新秧、農夫一道成為風景中的要素。抒情的筆調是與風景作為一個客觀世界的第一次呈現直接相關的——如果沒有這個瞬間，風景就不存在。第二是出現了「直覺」這個與阿 Q 身份似乎並不相稱的新名詞。阿 Q 的「覺醒」與失敗、饑餓、寒冷、性慾相關聯，因此，對於自身處境的自覺產生於直覺。但也恰恰因為直覺與自覺之間存在着這樣的關係，阿 Q 才會產生「他所求的不是這類東西了；他求的是甚麼東西，他自己不知道」的意識或潛意識。這裏的敘述不是從阿 Q 主觀的角度寫的，而是魯迅「依了自己的覺察」而寫出的「作為在我的眼裏所經過的中國的人生」，但賦予了阿 Q 一種生命的尊嚴感——這種尊嚴感是從他終於意識到自己對於自己所求的無知開始的。這就是風景描寫的根據。但是，也正是在這裏，阿 Q 或敘述中的「他」全部可以替換為「我」——「依了自己的覺察」其實也要求作者投身於「中國的人生」內部。

六個瞬間之五：革命的本能與「無聊」

在第六章「從中興到末路」之前，阿 Q 與未莊的關係已經發生了決定性的變化：他在此已無立足之地、生存之道。未莊的一切，「他直覺的知道這與他的『求食』之道是很遼遠的。」「直覺」是一個新名詞，表示未經分析推理而形成的觀點或判斷。在阿 Q 這裏，「直覺」代表着一種對於生存處境的真實感知——未經分析或推理，從而外在於「精神勝利法」。「精神勝利法」是一種獨特的分析、推理的產物，但它無法克服未經推理和分析的「直覺」，因為「直覺」——按照心理學家的分析而言——有着直接性、快速性、跳躍性、個體性、堅信感和或然性等特點；直覺判斷是在瞬間作出的綜合判斷。我們也可以說阿 Q 的革命是在「直覺啟發」之下產生的「直覺判斷」，而他對死的感知，尤其是那些不遠不近地跟着他的狼眼，則是「直覺想像」的產物。因此，一方面，在阿 Q 的精神世界裏，「直覺」成了突破「精神勝利法」的契機；另一方面，「精神勝利法」又是抵抗和消解其「直覺判斷」、「直覺想像」和「直覺啟發」的強大的武器，使得直覺始終停留在潛意識的範疇，而無法上升為意識。對於阿 Q 的行動而言，「直覺」，或者說，「直覺」與「精神勝利法」的關係，是一個關鍵。阿 Q 有着用「精神勝利法」克服直覺和本能的傾向和強大的意志，但直覺在他的人生中的某些關鍵時刻，仍然支配着他的行動。阿 Q「打定了進城的主意」並非出於計劃、推理和分析，而是出於「直覺」——未莊已經沒有他的生路了。

阿 Q 離開未莊是由哪一種焦慮推動的呢？阿 Q 的直覺是一種客觀焦慮，它產生於饑餓、寒冷和性的匱乏，以致未莊作為他的生存環境已經不能提供任何生存之道。[29] 他的出走是被迫的。但是，出走與進城之間到底是甚麼關係呢？小說寫道：阿 Q 走盡了

29 弗洛伊德曾經將焦慮區分為三種類型，即客觀焦慮、神經性焦慮和道德焦慮，它們看起來沒有關係，但其實是相互滲透、轉化和互動的。弗洛伊德著，高覺敷譯：《精神分析引論新編》，北京：商務印書館，1987，第 67 頁。

未莊的道路，偷了靜修庵的四個蘿蔔，這時「他已經打定了進城的主意了。」城裏正在發生的事件與阿 Q 進城有甚麼關係嗎？他的「直覺」中包括了對革命的感知嗎？我們不清楚。魯迅在第七章「革命」中有一句交代，就是「阿 Q 的耳朵裏，本來早聽到過革命黨這一句話，今年又親眼見過殺掉革命黨」，他那時「以為革命便是造反，造反便是與他為難」。這是否意味着：阿 Q 的出走和進城也暗含着對於城裏正在發生的變動的本能的回應？阿 Q 對自己的生存的焦慮與某種客觀環境之間的關係還有待揭示。

不過，我們可以確定的是：這三章也是阿 Q 失去進入正史資格的三個段落。「從中興到末路」提供了一個阿 Q 進入未莊正史的可能性破滅的故事。「進城」是可以入正史的事件，但前提是必須像趙太爺、錢太爺和秀才大爺這樣有身份的人上城「才算一件事」。這是正史書寫中的「事以人傳」的邏輯。阿 Q 進城不算「事」，因為他沒有身份，但又差一點成了事，原因是他歸來時發財了。按照「士別三日便當刮目相待」的邏輯，阿Q存在入史的可能性，「所以堂倌，掌櫃，酒客，路人，便自然顯出一種疑而且敬的形態來。」[30] 這種「疑而且敬」的態度後來甚至發展為「新敬畏」的態度，原因是人們聽說阿Q曾在舉人老爺家裏幫忙；這種「新敬畏」發展為「悚然而且欣然」，則是在阿Q敘述「殺革命黨」的故事之後——「殺革命黨」就是維護未莊的秩序，阿Q通過這一秩序的暴力而獲得了進入正史的最大可能，也贏得了未莊男人們和女人們的最大欣羨。但不幸的是，阿Q的「進城」神話很快露底了：他「不過是一個不敢再偷的偷兒」，[31] 終於不能與趙太爺、錢太爺和秀才老爺的「進城」相提並論。就正史的秩序而言，他的「進城」不構成「事件」，也就等於沒有發生。

「從中興到末路」是從「未莊的社會上」的視野展開敘述的，阿Q在其中的興衰、有無全部取決於

30 魯迅：〈阿Q正傳〉，《魯迅全集》第一卷，第533頁。

31 同上，第537頁。

這一視野本身，甚至阿 Q 本人也無法從這個視野中區分出來。但第七章「革命」包含了一個敍述上的轉換，其契機是阿 Q 本能的再度覺醒。宣統三年九月十四日，舉人老爺的船駛達未莊，按照未莊老例，這是入史的材料，但這回那船載來的卻是「大不安」，因為船的到來是「革命黨要進城」的後果。「宣統三年九月十四日」是一個可以入史的日子。《魯迅全集》中有一個註，說明「辛亥年九月十四日杭州府為民軍佔領，紹興府即日宣佈光復。」[32] 魯迅把最真實的歷史編年一樣的敍述，與「正傳」的故事、阿 Q 的寓言綜合起來。我們不知道阿 Q 的籍貫、來歷，但他的故事所發生的地點、場景和時間，就像一個空洞的存在，被鑲嵌在革命的歷史之中。馬克思主義批評家認為〈阿 Q 正傳〉是對辛亥革命的總結，並不是沒有道理的。〈阿 Q 正傳〉的確是一個關於革命的寓言——不單是民族的寓言，也是關於革命的寓言——但就像

32 參見〈阿 Q 正傳〉註釋 41，《魯迅全集》第一卷，第 557–558 頁。

我在前面說過的，革命的寓言也就是國民性自我改造的寓言。

阿 Q 的觀點本與未莊的秩序一致，即「革命黨便是造反，造反便是與他為難，所以一向是『深惡而痛絕之』的。」但處於走投無路的絕境之中，阿 Q 的「直覺」再次甦醒了：

> 殊不料這卻使百里聞名的舉人老爺有這樣怕，於是他未免也有些「神往」了，況且未莊的一羣鳥男女的慌張的神情，也使阿 Q 更快意。
>
> 「革命也好罷，」阿 Q 想，「革這夥媽媽的命，太可惡！太可恨！……便是我，也要投降革命黨了。」

「神往」有兩個前提：第一，未莊已經容不下他的卑微的生存；第二，城裏正在發生着讓舉人老爺也這樣怕的「革命」。阿 Q 用度窘迫，又喝了點酒，「不知怎麼一來，忽而似乎革命黨便是自己，未莊人卻都是他的俘虜了。他得意之餘，禁不住大聲的嚷道：

「造反了！造反了！」[33]

阿 Q 的焦慮在這裏得到了釋放：革命就是「我要甚麼就是甚麼，我歡喜誰就是誰。」[34] 在阿 Q 回到土穀祠後，魯迅寫到了他的突然「迸跳起來」的「思想」：首先是未莊人對他的畏懼與服從，其次是有錢人家的財富，最後是女人。用弗洛伊德（Sigmund Freud, 1856–1939）的術語來表述，這就是由客觀焦慮轉化而來的神經性焦慮的釋放，但這一釋放伴隨着酒醒而一同消失——阿 Q 沒有想到趙秀才與錢老爺等已經先於阿 Q「相約去革命」，不但砸了靜修庵裏的龍牌，而且盜走了觀音娘娘座前的宣德爐。阿 Q 與未莊秩序的短暫分離消失了，兩者從主觀上再度疊合起來：「難道他們還沒有知道我已經投降了革命黨麼？」[35] 阿 Q 有革命的本能，但沒有革命的意識，他只有在受本

33 魯迅：〈阿 Q 正傳〉，《魯迅全集》第一卷，第 538–539 頁。

34 同上，第 539 頁。

35 同上，第 542 頁。

能驅使的時候才能確證自己的失敗和無助。阿 Q 每一次意識的恢復都是對舊秩序的確證。

如果將第七章與第五章做個比較，我們可以看到敘述轉換上的某些類似性：在第五章，由於生存危機，敘述中滲透了辛酸，敘述角度發生了從客觀敘述向主觀敘述的過渡；在第七章，由於革命的發生，阿 Q 的直覺再次破繭而出，他決意要成為革命黨了，敘述的視角也從旁知轉向了主觀的「思想」。正是通過這個敘述，魯迅暗示了革命的自我否定：阿 Q 的革命是基於本能的革命，一旦他有了「思想」，本能也就轉化為意識，後者只能是對未莊秩序的回歸。革命的失敗產生於本能的短暫性，以及本能發生轉化的必然性。從這個角度，我們可以重新探討第八章「不准革命」這一章的含義。這一章是馬克思主義評論家分析的重點：辛亥革命沒有成功，雖然有了剪辮子的風潮，「未莊也不能說是無改革」，比如「將辮子盤在頂上的逐漸增加起來」，但「知縣大老爺還是原官」，「帶兵的也還是先前的老把總」。「革命黨來了」也只是

「來了」來了。[36] 阿Q所知道的革命黨只有兩個，一個是先前進城他親眼看見被殺掉了的，另一個就是「假洋鬼子」。假洋鬼子所用的語言也包括着《新青年》所倡導的洋文，這也多少說明即便是所謂的「新」也可能就是「舊」的復活而已。我認為阿Q生命中的第五個重要瞬間就發生在假洋鬼子揚起哭喪棒、不准他革命之後的那一刻：

> 阿Q將手向頭上一遮，不自覺的逃出門外；洋先生倒也沒有追。他快跑了六十多步，這才慢慢的走，於是心裏便湧起了憂愁：洋先生不准他革命，他再沒有別的路；從此決不能望有白盔白

36 語見〈熱風五十六「來了」〉。1919年5月，針對有關「『過激主義』來了」的說法，魯迅反駁說：「無論甚麼主義，全擾亂不了中國；從古到今的擾亂，也不聽說因為甚麼主義。」「『過激主義』不會來，不必怕他；只有『來了』是要來的，應該怕的。」他又舉例說：「民國成立的時候，我住在一個小縣城裏，早已挂過白旗。有一日，忽然見許多男女，紛紛亂逃：城裏的逃到鄉下，鄉下的逃進城裏。問他們甚麼事，他們答道，『他們說要來了。』可見大家都單怕『來了』，同我一樣。那時還只有『多數主義』，沒有『過激主義』哩！」《魯迅全集》第一卷，第363–364頁。

> 甲的人來叫他，他所有的抱負，志向，希望，前程，全被一筆勾消了，至於閒人們傳揚開去，給小 D 王胡等輩笑話，倒是還在其次的事。[37]

但這裏的故事只是一個契機，「心裏湧起的憂愁」，以及「再沒有別的路」的沮喪與失落，為此後的「無聊」鋪平了道路。「無聊」才是我說的第五個瞬間。魯迅這麼寫道：

> 他似乎從來沒有經驗過這樣的無聊。他對於自己的盤辮子，彷彿也覺得無意味，要侮蔑；為報仇起見，很想立刻放下辮子來，但也沒有竟放。他遊到夜間，賒了兩碗酒，喝下肚去，漸漸的高興起來了，思想裏才又出現白盔白甲的碎片。[38]

阿 Q 感到了「無聊」——盤辮子是無意義的，就如同放下辮子來也是無意義的一樣。這裏對於「意義」的否定是在由「不准革命」而引起的「憂愁」之後——

---

37 魯迅：〈阿 Q 正傳〉，《魯迅全集》第一卷，第 545 頁。

38 同上，第 545–546 頁。

「憂愁」是因為「再沒有別的路」，他的抱負、志向、希望、前程全部因此而消失；但「無聊」卻超出了個人經驗的層面，而變成了對於整個事件——對於革命以及由革命而引起的一切變化——的懷疑。這是很快就被阿Q自我否定了的「從來沒有經驗過的」「無聊」，卻讓我們觸到了魯迅本人最為深刻的感覺。這何止是對辛亥革命的失望。這是十分複雜的感覺。與這樣的複雜感覺相互匹配的，是魯迅作品中經常出現的修辭方式，如將是否盤辮子這樣的行動與侮蔑、報仇這樣的詞彙配置在一起。

我們都讀過〈《吶喊》自序〉。在這篇文章中，有兩個詞十分關鍵，一個是「寂寞」，而另一個就是「無聊」。魯迅說「所謂回憶者，雖說可以使人歡欣，有時也不免使人寂寞，使精神的絲縷還牽着已逝的寂寞的時光，又有甚麼意味呢，而我偏苦於不能全忘卻，這不能全忘卻的一部分，到現在便成了《吶喊》的來由。」[39] 沒有「寂寞」也便沒有《吶喊》，足見「寂寞」

39 魯迅：〈《吶喊》自序〉，《魯迅全集》第一卷，第437頁。

是何等重要；但這「寂寞」的根源又是甚麼呢？這就是「無聊」。魯迅將他在日本時期棄醫從文的動因歸結為救助人的精神比救治人的身體更為重要，而「善於改變精神的是，我那時以為當然要推文藝，於是想提倡文藝運動了。」[40] 這就是創辦《新生》雜誌的動因。但隨着出版日期的臨近，「最先就隱去了若干擔當文字的人，接着又逃走了資本，結果只剩下不名一錢的三個人。創始時候既已背時，失敗時候當然無可告語，而其後卻連着三個人也都為各自的運命所驅策，不能在一處縱談將來的好夢了，這就是我們的並未產生的《新生》的結局。」魯迅接着談到了「無聊」：

> 我感到未嘗經驗的無聊，是自此以後的事。我當初是不知其所以然的；後來想，凡有一人的主張，得了贊和，是促其前進的，得了反對，是促其奮鬥的，獨有叫喊於生人中，而生人並無反應，既非贊同，也無反對，如置身毫無邊際的荒

---

40 同上，第 439 頁。

> 原，無可措手的了，這是怎樣的悲哀呵，我於是以我所感到者為寂寞。[41]

「無聊」不是對失敗的直接承認，而是對於自己所做的事情、所經歷的事情的意義的徹底懷疑。那個能夠產生《吶喊》的「寂寞」就是以「無聊」為前提或底色的。「無聊」是對意義的取消和否定，寂寞中的吶喊是絕望的反抗的一種表達。寂寞是創造的動力，而無聊是寂寞的根源，無聊的否定性因此蘊含着某種創造性的潛能。

在阿 Q 這裏，「無聊」只是在瞬間發生，它的潛能很快就被他的「思想」葬送了。在第八章的末尾，「阿 Q 越想越氣，終於禁不住滿心痛恨起來，毒毒的點一點頭：『不准我造反，只准你造反？媽媽的假洋鬼子，——好，你造反！造反是殺頭的罪名呵，我總要告一狀，看你抓進縣裏去殺頭，——滿門抄斬，——嚓！嚓！」[42] 阿 Q 重新回到了他的「思想」之

---

41 同上。

42 魯迅：〈阿 Q 正傳〉，《魯迅全集》第一卷，第 547 頁。

中，也就是回到了未莊的秩序之中，而沒有讓「無聊感」持續下去，直至滲入他的行動。也許我們可以從這裏去理解他的「無聊」:「無聊」是將他與未莊秩序（無論是盤辮子的秩序，還是放辮子的秩序）清晰區分開來的本能，但轉瞬之間，這種「無聊感」就被徹底地拋棄了——或者說，克服了——阿Q的「思想」復活了。阿Q的死印證了他的「思想」——造反是殺頭的罪名。阿Q死於他曾「神往」的革命，同時也死於他自己對於造反的價值判斷，死於他未能將他的「無聊感」持續下去。

阿Q死於革命之後的秩序也許是偶然的。像黎元洪那樣的前清大員可以被革命者們硬生生地拖出來擔任「革命領袖」，阿Q碰巧當上「把總」也不是不可能的。陰差陽錯地捲入「造反」，說不定能得一個「某某革命」或「某某某革命」的大獎，面對歡呼的、各色文字的媒體喊上一聲以顯「好漢」的本色，但也可能為那些得獎的、得錢的、得名的、升官的「好漢」們做鋪墊，成為阿Q似的、永遠不能進入正史譜系的、不知所終的死鬼。「好漢」們與阿Q之間有甚麼質的區別嗎？沒有的。他們之間的區別其實只是各式「正史」的陰謀而已——它將該掩藏的掩藏，該突出的突出，歷史於是如此這般。一些人「偶然地」進入了「正史」敘述的中心，而另一些人在「好漢歌」的鼓動之下，信以為真地奔赴空洞的「歷史中心」，卻在途中遁為「無跡」。「好漢」與阿 Q 的不同命運不過是「革命」時代重複出現的故事。因此，魯迅看重的並非阿 Q 終於要「投降」革命黨這一事件，而是為甚麼只要有革命，就會有阿 Q 這樣的革命黨這一問題。

也許對魯迅更為重要的是：在阿 Q 的革命發生之際，究竟有甚麼新的素質在阿 Q 的生命中誕生呢？

六個瞬間之六：大團圓與死

第六個瞬間是第九章「大團圓」中的一段著名的描寫。趙家遭搶，「未莊人大抵很快意而且恐慌，阿 Q 也很快意而且恐慌。」但他沒有想到會在四天之後的半夜被抓進縣城。「那時恰是暗夜，一隊兵，一隊團丁，一隊警察，五個偵探，悄悄地到了未莊，乘昏暗圍住土穀祠，正對門架好機關槍；然而阿 Q 不衝出。」[43] 這是現代裝備的軍隊、警察加上團丁，但動手抓出阿 Q 的是團丁。按照魯迅後來的說法，這些描寫放在民國初年是並不誇張的。[44] 當阿 Q 身不由己地跪下的時候，長衫人物鄙夷地說「奴隸性！」，卻並未叫他起來。審完之後是簽字畫押，阿 Q 因不識字「惶恐而慚愧」。阿 Q 的手第一次握筆時的「魂飛魄散」、畫圓圈畫得不圓後的羞愧、去法場的路上見到吳媽後的思想活動，以及他在百忙中「無師自通」地說出的半句從來不說的話——「過了二十年又是一個……」，都是在別人的注視下或假想着別人的注視

---

43 同上。

44 1925 年 5 月，執政府為對付遊行學生而架起機關槍，魯迅由此想到〈阿 Q 正傳〉中的這段描寫。有人批評他的這段描寫「太遠於事理」，他回答說：「但阿 Q 的事件却大得多了，他確曾上城偷過東西，未莊也已出了搶案。那時又還是民國元年，那些官吏，辦事自然比現在更離奇。先生！你想：這是十三年前的事呵。那時的事，我以為即使在〈阿 Q 正傳〉中再給添上一混成旅和八尊過山炮，也不至於『言過其實』的罷。」〈華蓋集・忽然想到之九〉，《魯迅全集》第三卷，第 67 頁。

而產生的心理反應。因此，這些反應仍然是在他的「思想」的範疇，而不是本能的範疇內——本能是超越注視、無法自我控制的領域。阿 Q 無法克制的本能反應出現在他「再看那些喝彩的人們」之後：

> 這剎那中，他的思想又彷彿旋風似的在腦裏一迴旋了。四年之前，他曾在山腳下遇見一隻餓狼，永是不近不遠的跟定他，要吃他的肉。他那時嚇得幾乎要死，幸而手裏有一柄斫柴刀，才得仗這壯了膽，支持到未莊；……

這是在環境刺激下、由於不安全感而造成的幻覺，它迅速地轉化為一種神經性的焦慮。這幾句話是一個轉折，在此之前維持着旁知視角，但迅速地轉向了純粹主觀的視角。眼睛的意象是魯迅作品中反覆涉及的：狗的眼睛、狼的眼睛、鹽漬的眼睛、吃人的眼睛等等。如果我們將下面這段話中的「他」全部改成「我」，敍事也是完整的。這是一種無法控制的直覺性的想像：

> 可是永遠記得那狼眼睛，又兇又怯，閃閃的像兩顆鬼火，似乎遠遠的來穿透了他的皮肉。而這回他又來看見了從來沒有見過的更可怕的眼睛了，又鈍又鋒利，不但已經咀嚼了他的話，而且還要咀嚼他皮肉以外的東西，永是不遠不近的跟他走。
>
> 這些眼睛們似乎連成一氣，已經在那裏咬他的靈魂了。
>
> 「救命，……」
>
> 然而阿 Q 沒有說，他早就兩眼發黑，耳朵裏嗡的一聲，覺得全身彷彿微塵似的迸散了。[45]

較之無所適從、無聊，這是一種強烈得多的感覺——在害怕和極端恐懼之下的狀態。但正是恐懼賦予了阿 Q 一種突發的能力，一種區分他的「皮肉」和「靈魂」的能力。「這些眼睛們似乎連成一氣，已經在那裏咬他的靈魂了。」「精神勝利法」構造出來的自我是

45　魯迅：〈阿 Q 正傳〉，《魯迅全集》，第 551–552 頁。

自我愉悅的，而這裏的「靈魂」卻經受着被咬嚙的痛楚。這個痛楚的「靈魂」是從哪兒來的呢？是從那兩顆似乎要穿透他的皮肉的鬼火般的眼睛的刺激下產生的——「精神勝利法」（它通常帶來快樂而自我滿足的效果）在死亡恐懼之下徹底失效，阿 Q 終於可能體會靈魂被撕咬的痛楚。從敍述風格上看，如果將這一段描寫放到〈狂人日記〉裏頭去，也是成立的，其奧秘在於用高度技巧的修辭形成的敍述視角的暗中轉換。〈狂人日記〉第一段就是關於眼睛的敍述：「今天晚上，很好的月亮，我不見他已是三十多年；……然而需得要小心，不然趙家的狗何以多看我兩眼呢？我怕得有理。」狗眼、魚眼和周遭人的眼睛在狂人的感覺中最終連成了一氣，這正是他能夠從那些歷史書中讀出吃人的感覺上的根據。阿 Q「感覺這些眼睛們似乎連成一氣」，與〈狂人日記〉的主觀視角是一致的，它們都創造了一種吃人的意象。

在有關〈阿 Q 正傳〉的研究中，這段描寫經常引起疑問。現實主義者會追問：一個農民會有這樣複雜的關於眼睛、狼、被吃的恐怖等等感覺嗎？現代主義者則強調這類描寫與西方現代主義小說的相似性。這是意識流的手法還是心理分析的片段？唐弢先生（1913–1992）後來在一篇文章裏面提到一位捷克學者的疑問，「她那時翻譯了〈阿 Q 正傳〉，認為這不是現實主義的方法，僱農阿 Q 不應有這樣的感情。」唐弢引用了魯迅在《集外集・〈窮人〉小引》中對陀思妥耶夫斯基（1821–1881）的「以完全的寫實主義在人中間發現人」的說法，認為魯迅小說中的這類描寫「大概也是對完全的現實主義，或者說從高的意義上的現實主義的一種追求與努力吧。」[46] 張旭東在他的文章中則把〈阿 Q 正傳〉的寓意結構解釋為現代主義。[47] 現實主義還是現代主義，這類名詞的辯論也許沒有多少重要性，魯迅的寫實性的描寫常常包含寓意的結構，通過高度的修辭技巧和暗示的手法，主觀與客觀、寫實與象徵、白描與寓意、外在與心理高度融合在一起，

46 唐弢：〈論魯迅小說的現實主義——紀念魯迅誕辰一百週年〉，《魯迅的美學思想》，北京：人民文學出版社，1984 年版，第 114–115 頁。

47 張旭東：〈中國現代主義起源的「名」「言」之辯：重讀《阿 Q 正傳》〉，《魯迅研究月刊》2009 年第一期，第 4、5 頁。

從任何一個方面去把握都有理由，又都不全面。關鍵在於如何把握魯迅在文本裏所闡發的思想。

魯迅對阿 Q 生命中的這些隱秘瞬間的描寫，是對「精神勝利法」失效的可能性的發掘；他對本能、直覺的觀察，也是對於超越外界注視的目光是否能夠產生新的意識的探索。失敗感、無所適從、無聊、恐懼和自我的片刻喪失，在這裏也都可以幫助我們理解阿 Q 是否會成為革命黨這一問題。魯迅對於革命的描述，革命和不准革命，造反的本能與只要有革命就會有阿 Q 這樣的革命黨的暗示，都在這樣的細節和敍述裏找到了根據。〈阿 Q 正傳〉中的六個瞬間，也是阿 Q「覺醒」的契機，每次都只持續了幾秒鐘甚至幾分秒，就隨風而逝了。但這幾秒鐘為甚麼能夠發生，它們蘊含着甚麼樣的可能性？它們的瞬間呈現與迅速地被壓抑，道理在哪兒？這些瞬間溢出了小序中提示的聖人的秩序。在理解了這些瞬間之後，我們重讀小說的小序，以及作者關於阿 Q 不能入傳的四個理由，對於這篇小說就會產生新的理解。這是一個開放的經典，與其說〈阿 Q 正傳〉創造了一個「精神勝利法」的典型，不如說提示了突破「精神勝利法」的契機。這些契機正是無數中國人最終會參與到革命中來的預言——參與到革命中來也可能死於革命，但革命創造的變動卻是阿 Q 生命中的那些瞬間發生質變的客觀契機——正是這些卑微的瞬間，將作為一個活生生的人的阿 Q 鐫刻在空洞的深處，就像寄居於我們身體中的「鬼」一樣，難以驅除。

這是曾經存活的生命的痕跡。

三、魯迅的生命主義與阿Q的革命

生命主義

阿 Q 的革命動力隱伏在他的本能和潛意識裏。1935 年，李長之（1910–1978）發表《魯迅批判》一書，提出魯迅的思想沒有超出「人得要生存」這種生物學的觀念。[1] 這一論點得到了竹內好的支持，他說：「我贊成李長之的意見，那就是把做為思想家的魯迅的根底放在『人得要生存』這樣一個質樸的信條之上。」「李長之把這一點直接等同於進化論思想，而我卻把它進一步看成存在於魯迅生物學的自然主義哲學根柢中的樸素而粗獷的本能。人得要生存。魯迅並沒把它當成一個概念。他是作為一個文學者以殉教的方式去活着的。我想像，在活着的過程某一個時機裏，他想到了人得要生存，所以人才得死。這是文學的正覺，而非宗教的諦念，但苦難的激情走到這一步的表現方式，卻是宗教的。也就是說，是無法被

1　李長之：《魯迅批判》，北京：北京出版社，2003 年版，第 153 頁。

說明的。」[2] 竹內好將魯迅的生命主義引向了一種神秘主義的(「無法被說明的」)宗教性的解釋，而我們在阿 Q 生命中的六個瞬間也發現了強烈的生存的本能和渴望，它最終也的確將阿 Q 引向了死。但是，這是宗教性的嗎？我以為這些瞬間展示的，是從最為世俗的需求出發的、關於革命的可能性的探索。

為甚麼本能、潛意識、直覺等等成為魯迅探索革命動力和可能性的契機呢？這需要回到魯迅有關生命主義的思考之中。生命主義的前提是對死的意識。革命也常常意味着死亡，至少阿 Q 的革命也帶來了死亡。但也正是死亡促成了阿 Q 的生命意識，這就是那段關於狼眼的描寫的核心。因此，生命主義包含着兩種對於死亡的意識：一種是意識到滲透在我們日常生活中的、作為一種壓抑生命的力量的死亡，而另一種則是由於意識到死亡而產生的能動力量。《華

2 竹內好：〈魯迅〉，載孫歌編，李冬木、趙京華、孫歌譯：《近代的超克》，北京：三聯書店，2005 年版，第 7–9 頁。

蓋集》中的〈忽然想到〉之五、之六的兩個小節是對生命主義的最為正面和清晰的表達：

> 世上如果還有真要活下去的人們，就先該敢說，敢笑，敢哭，敢怒，敢罵，敢打，在這可詛咒的地方擊退了可詛咒的時代！[3]
>
> 我們目下的當務之急，是：一要生存，二要溫飽，三要發展。苟有阻礙這前途者，無論是今是古，是人是鬼，是《三墳》《五典》，百宋千元，天球河圖，金人玉佛，祖傳丸散，秘製膏丹，全都踏倒他。[4]

生命主義的核心是將生命的價值置於一切之上，而生存本能也作為維繫生命存在但又不斷被壓抑的能量而獲得肯定。惟其如此，一旦現存的秩序及其價值威脅生命之時，生存的慾望、本能、潛意識就可能成

3　魯迅：〈華蓋集・忽然想到之五〉，《魯迅全集》第三卷，第 45 頁。

4　魯迅：〈華蓋集・忽然想到之六〉，《魯迅全集》第三卷，第 47 頁。

為對於時代的詛咒，對於一切傳統、權威和秩序的顛覆。因此，對於一種革命的倫理而言，生命主義是前提性的、基本的——它對傳統、秩序和權威的顛覆並不起源於對另一個秩序和權威的膜拜，而是來源於生命本身及其需求的尊重。「其實『革命』是並不稀奇的，惟其有了它，社會才會改革，人類才會進步，能從原蟲到人類，從野蠻到文明，就因為沒有一刻不在革命」。[5]

生命主義是魯迅思想的一個方面。〈阿 Q 正傳〉對於辛亥革命的探索表明他試圖將這種生命主義轉化為一種政治的思考。如果只是在生命主義的意義上考察〈阿 Q 正傳〉中直覺、本能和死亡恐懼，我們很難將這篇小說與對辛亥革命的總結這一政治 / 歷史課題聯繫起來。在死亡恐懼的震撼下，阿 Q 體會到了身體之外的痛楚，但那聲「救命」終於沒有說出來——

5　魯迅：〈而已集・革命時代的文學——四月八日在黃埔軍官學校講〉，《魯迅全集》第三卷，第 437 頁。

革命與救命不是對立的，而是相互連帶的。這就是革命是要人活的意思。生命主義是一種契機，它以非歷史的方式展示歷史關係、以非政治的方式提示新政治得以發生的基礎、前提和可能性。即便在魯迅晚年運用階級論和社會科學的觀點分析社會與政治時，他也沒有拋棄這一質樸的生命主義，恰恰相反，通過革命是要人活而不是要人死的思想，他將一種生命主義的思考與他的政治觀連接起來了——革命是意識到死之後才能產生的關於活與如何活的思考與行動。在〈阿Q正傳〉中，存在於阿Q生命中的上述契機蘊含着能量，但即便在死亡恐懼之下，阿Q也沒有「說出」他本能地將要說出的「救命」來。在阿Q生命中的這些瞬間與「吶喊」之間仍然有一個距離——這個距離只能通過一個能夠讓外部條件與內在動力同時共振的能量來加以填補。我把這個能量稱之為「生命主義的政治化」。誇張一點說，這是魯迅在小說中試圖探索但並未完成的目標。

精神、身體與民族主義政治

生命首先是與身體連帶的。當人們將注意力集中到「精神勝利法」上的時候，幾乎忘卻了魯迅對於身體的關注，但「精神勝利法」對應的不正是身體的失敗嗎？阿 Q 的失敗感首先來自打不過別人，甚至打不過他所瞧不起的王胡和小 D，其次來源於他所身受的饑餓、寒冷和無法滿足的性慾，最終來源於身體的死亡——「全身彷彿微塵似的迸散了」。換句話說，如果沒有身體的視野，「精神勝利法」事實上是無從被診斷為病態的。

但這個身體的視野不能被還原為身體本身，而是一種關於身體的政治視野。在〈《吶喊》自序〉中，最引人關注的，是關於「棄醫從文」的敍述，以及我們已經分析過的《新生》失敗後的「無聊」與「寂寞」。「棄醫從文」在喻義上似乎是對身體的揚棄，但深究起來並非如此，在「醫」與「文」之間其實早有深厚的鋪墊。關於「棄醫從文」的解釋大體兩種，一種是魯迅的直白的敘述，另一種是竹內好的更為曲折的解釋。魯迅的自述是在仙台醫科學校的課間，碰巧看到日俄戰爭時期的畫片：

> 有一回，我竟在畫片上忽然會見我久違的許多中國人了，一個綁在中間，許多站在左右，一樣是強壯的體格，而顯出麻木的神情。據解說，則綁着的是替俄國做了軍事上的偵探，正要被日軍砍下頭顱來示眾，而圍着的便是來賞鑒這示眾的盛舉的人們。
>
> 這一學年沒有完畢，我已經到了東京了，因為從那一回以後，我便覺得醫學並非一件緊要事，凡是愚弱的國民，即使體格如何健全，如何茁壯，也只能做毫無意義的示眾的材料和看客，病死多少是不必以為不幸的。所以我們的第一要著，是在改變他們的精神，而善於改變精神的是，我那時以為當然要推文藝，於是想提倡文藝運動了。[6]

6　魯迅：〈《吶喊》自序〉，《魯迅全集》第一卷，第 438–439 頁。

對於魯迅而言，「棄醫從文」是從對身體的救治到對心靈的救治的轉變。

竹內好的解釋則將這種向心靈的轉變推向了宗教性的解釋，即關於贖罪的解釋。他比較了〈《吶喊》自序〉與〈藤野先生〉中有關魯迅離開仙台的動因的敘述，發現〈《吶喊》自序〉省略了日本同學對藤野先生將考試題目泄露給青年周樹人的猜測的事件。竹內好據此認為：

> 幻燈事件本身，並不是單純性質的東西，並不像在〈《吶喊》自序〉裏所寫的那樣，只是走向文學的「契機」。這裏的問題是，幻燈事件和此前找茬事件的關聯以及兩方的相通之處。他在幻燈的畫面裏不僅看到了同胞的慘狀，也從這種慘狀中看到了他自己。……他並不是抱着要靠文學來拯救同胞的精神貧困這種冠冕堂皇的願望離開仙台的。我想，他恐怕是咀嚼着屈辱離開仙台的。……幻燈事件和找茬事件有關，卻和立志從文沒有直接關係。我想，幻燈事件帶給他的是和

> 找茬事件相同的屈辱感。屈辱不是別的，正是他自身的屈辱。[7]

因此，「棄醫從文」是由「回心」或「贖罪」這一近於宗教性的心理契機推動的。正是在這個意義上，竹內好認為魯迅的文學並不是功利主義的文學，不是為人生、為民族或愛國的文學，「魯迅是誠實的生活者，熱烈的民族主義者和愛國者，但他並不以此來支撐他的文學，倒是把這些都撥淨了以後，才有他的文學。魯迅的文學，在其根源上是應該稱作『無』的某種東西。因為是獲得了根本上的自覺，才使他成為文學者的，所以如果沒有了這根柢上的東西，民族主義者魯迅，愛國主義者魯迅，也就都成了空話。我是站在把魯迅稱為贖罪文學的體系上發出自己的抗議的。」[8]

魯迅與竹內好的不同敘述有着一致的方向，即內在化的方向：魯迅的敘述將身體作為被揚棄的東西而

7　竹內好：〈魯迅〉，載孫歌編，李冬木、趙京華、孫歌譯：《近代的超克》，第 56–57 頁。

8　同上，第 57–58 頁。

轉向了精神，竹內好更進一步將從身體到精神的轉換解釋為贖罪的行動。在這個宗教性的心理轉折中，身體消失了。但是，若沒有身體以及與身體密切相關的直覺、慾望和潛意識，我們無從判斷甚麼是阿 Q 的「精神勝利法」，也無法提出診斷和救治的方法。阿 Q 身體的羸弱、頭上的癩瘡疤，連同其社會地位的低下，共同襯托出「精神勝利法」的可悲與可笑。相對於阿 Q 的持續的精神勝利，他的羸弱而病態的身體，由於其社會地位而來的饑餓、寒冷和性匱乏才是現實的或真實的。在這個意義上，救治心靈與救治身體並非相互隔絕，救治身體的契機是讓生命的本能獲得解放，而這個解放需要整個秩序的轉變，從而靈魂的問題誕生了。但是，這並不意味着魯迅的轉折沒有實質的意義：通過心靈的拯救來拯救身體，也使得身體獲得了超出身體的意義；按照魯迅的界定，強壯的身體並不代表健康，如果沒有心靈或精神的變化，這個強壯的身體仍然可以被視為病態的、可以任人宰割的對象。改變心靈的意思在這裏其實是重新獲得精神與現實的一致——精神與現實的分離、心靈與身體的割裂，是「精神勝利法」的真正內核。從這個角度說，「棄醫從文」，從身體到精神的轉折，是以身體及其感覺的政治化為前提的——尊重這種身體的感覺不是一個簡單的事件，它意味着整個「道德秩序」必須發生變革。

對於身體的關注與鴉片戰爭後西方對於「東亞病夫」的貶斥有關。但是，我們還可以更為具體地分析這個問題。鴉片戰爭後，清朝逐漸開始了持續的改革運動，官辦和官督商辦的洋務運動以軍事技術的改革為先導，逐漸擴展至其他相關領域的實業和技術發展。只是在技術變革和軍事技術挫折之際，身體的規訓才在近代中國獲得了政治的含義。在〈治理的微觀技術——1900 年前後中國軍人的身體〉（"Micro-technologies of Governance: Soldierly Bodies in China around 1900"）一文中，德國學者 Nicolas Schillinger 發表了一項有趣的研究，討論 1895–1916 年間中國「治新兵」（Governing New Soldiers）的策略轉變。根據他的研究，在甲午戰爭之後，清朝軍事改革的重點從武器技術的進口和複製轉向了一種全新的軍隊的組織和訓練，這是因為清朝軍事技術和武備在當時的亞洲甚至整個世界都居於先進行列。戰敗並非單純的技術問題。新的軍事改革以軍人的身體的訓練為主，如何提高軍人的體質、如何形成剛勁、靈活同時能夠集體配合的身體素質成為軍事改革的重心。新陸軍借鑒西方國家、尤其是德國的軍事操練課程和相應的軍事紀律，其目的不僅在訓練單個個體的身體，而在合千人為一體的集體。這種軍事改革和軍事訓練對於身體的理解最終也對整個社會的身體觀念產生了廣泛影響。[9] 正由於身體的規訓不是一個單純的體質問題，它必然涉及價值、思想和世界觀，從身體到精神的過渡就不是突兀的。現代民族主義政治與軍事化之間始終存在着某種糾纏不清的關係，這一點也可以從身體與精神的改革，以及相應的制度化過程等多重方面來加以解釋。

9 這是提交給在北京清華大學召開的「早期現代以降在亞洲和歐洲旅行的治理和官僚體制的觀念」(“Migrating Ideas of Governance and Bureaucracy in Asia and Europe Since the Early Modern Era”, September 20–22, 2010, Tsinghua University)的會議論文。

身體的政治並不只是體現在軍事方面，它是由一整套現代知識所鍛造的。在《朝花夕拾》中，有連續四篇文章記述魯迅離開紹興前夕、南京時期和留學日本的經歷，即〈父親的病〉、〈瑣記〉、〈藤野先生〉和〈范愛農〉。這四篇文章記述的年代也大致在甲午戰爭至魯迅「棄醫從文」之前。從不同的方面，這四篇文章都涉及了身體問題，但在魯迅的筆下，身體與中西醫學的對立、與新式教育、與進化論世界觀、與民族情感和革命運動有着密切的關聯。正是這種關聯顯示了身體的救治是一個複雜的工程，它涉及知識譜系、醫療體制、價值系統和感覺方式的斷然改變。在這個意義上，身體的救治是一個政治的命題，一個人的觀念的重建問題。〈父親的病〉沒有詳盡記述父親的病況，只是說他患了水腫，總是臥牀和喘氣的長久，而中心的敍述是中醫的無效和荒謬。這裏暗示了學習西方醫學以救治像他父親一樣久病的國人的動機。身體問題與醫學以及不同的文化有着密切的關係。〈瑣記〉記述少年周樹人對於故鄉及其陳腐的教育的憎恨，以及前往南京追求「別一類人們」的經歷。

1898 年，他先入江南水師學堂，後入江南陸師學堂附設礦路學堂，在前一個學堂，他除了學習一些新的知識之外，也有爬桅杆、學游泳的經歷，但魯迅對這兩項運動都有嘲諷和不屑的記憶。至於礦路學堂，他學到了一點格致、地學、金石學等科學知識，但最重要的是知道了一本書，這就是嚴復（1854–1921）譯赫胥黎（Thomas Henry Huxley, 1825–1895）的《天演論》。按照李長之的說法來推論，這部書也奠定了魯迅的生命主義哲學。〈藤野先生〉恰可與〈父親的病〉相互對照：青年周樹人終於到了日本，學習西方醫學，而藤野先生（1874–1945）所教的恰是解剖學——一種從身體的結構和功能出發分析身體的知識。就是在這裏，魯迅受刺激於「中國是弱國，所以中國人當然是低能兒」的偏見，[10] 終於決定「棄醫從文」了。〈范愛農〉寫的是魯迅的東京往事：徐錫麟（1873–1907）刺殺恩銘（1846–1907）、秋瑾（1875–1907）起義未成而被害，以及最終淹死在菱蕩中的范愛農（1883–

10　魯迅：〈朝花夕拾・藤野先生〉，《魯迅全集》第二卷，第 317 頁。

1912）的故事。

身體的政治也涉及尊嚴問題。在「棄醫從文」之前，魯迅在日本時期的寫作包括兩個方向，一個方向是〈中國地質略論〉和〈說鉬〉所代表的科學實業救國的思想，另一方向是以〈斯巴達之魂〉所代表的尚武精神和復仇主義，後一方面與〈范愛農〉一文中記述的徐錫麟、秋瑾的故事遙相呼應，都是晚清民族主義潮流中的尚武精神和復仇主義的表現。對於斯巴達將士殊死作戰的歷史，〈斯巴達之魂〉以「兵氣蕭森，鬼雄晝嘯」加以表彰，並追問「世有不甘自下於巾幗之男子乎？必有擲筆而起者矣。」[11] 魯迅用絢麗的語言描寫斯巴達將士、尤其是婦女前仆後繼、殊死決戰的勇氣、決心和鬥志。這也是晚清復仇主義思潮在文學上的表達。復仇以失敗為起點，它的特點是承認失敗為失敗，並通過殊死的鬥爭贏得尊嚴。生命主義不是苟活的哲學，它所產生的是尊嚴的政治。阿 Q 的「精神勝利法」可以說也正是「斯巴達之魂」的對立面——

11　魯迅：〈斯巴達之魂〉，《魯迅全集》第八卷，第 9 頁。

怯弱不僅表現為身體的羸弱，更表現為尊嚴的匱乏。

由於這種對於身體和尚武精神的關注蘊含政治的可能性，它不但延伸到魯迅寫作〈阿 Q 正傳〉的時期，而且也貫穿於魯迅對於政治、社會關係和文明的思考。他對「民力」的始終一貫的重視也是這一生命主義在政治上的表達。1925 年「五卅」慘案發生後，魯迅引用 1923 年《順天時報》上的一篇社論說：「一國當衰弊之際，總有兩種意見不同的人。一是民氣論者，側重國民的氣概，一是民力論者，專重國民的實力。前者多則國家終亦衰落，後者多則將強。」「可惜中國歷來就獨多民氣論者，到現在還如此。」[12] 在談到「中國的精神文明」時，他以同樣的邏輯說：「早被槍炮打敗了，經過了許多經驗，已經要證明所有的還是一無所有。……」他要求「將先前一切自欺欺人的希望之談全都掃除，將無論是誰的自欺欺人的假面全部撕掉，將無論是誰的自欺欺人的手段全都排斥，總而言之，就是將華夏傳統的所有小巧的玩意兒全都

12　魯迅：〈華蓋集・忽然想到之十〉，《魯迅全集》第三卷，第 96 頁。

放掉，倒去屈尊學學槍擊我們的洋鬼子，這才可望有新的希望的萌芽。」[13]

「民力論」體現在改變環境、也通過改變環境而改變自身的能力問題上。「內在革命」因此不只是「內在的」。但是，魯迅對身體的關注沒有停留在國家主義–民族主義的框架下，他對生命的理解首先是對「生命」的價值及其意義的追溯。阿 Q 的死及其激發起的恐懼感是一個生命意識的覺醒——這一感知同時成為評價社會–政治變遷的尺度之一。

革命、啟蒙與向下超越

不同於〈斯巴達之魂〉等早期文字的，是〈阿 Q 正傳〉中對於本能與革命的關係的探索；但在解釋這兩者之間的關係時，我們需要對革命做一點解釋。

---

13 魯迅：〈華蓋集・忽然想到之十一〉，《魯迅全集》第三卷，第 102 頁。

「魯迅是現代中國在文學上第一個深刻地提出農民和其他被壓迫羣眾的狀況和他們的出路問題的作家。」「農民問題是中國革命的基本問題。魯迅對於農民問題所給予的特別的注意和這個問題在近代中國所佔的特別重要的位置是正相適應的。」[14] 這是中國馬克思主義者論述〈阿 Q 正傳〉的基本出發點。從這個角度出發，〈阿 Q 正傳〉對於革命的表現集中在兩個方面，即一方面「清楚地表現了辛亥革命曾經使中國農村發生了不尋常的震動，像阿 Q 這樣本來十分落後的農民都動起來了，封建階級表現了很大的恐慌和動搖」，但另一方面，辛亥革命「對於農民已經燃燒起來了的自發的革命的熱情，不但沒有加以發揚和提高，相反的是被當時在農村站着支配地位的反動分子和投機分子加以排斥。」[15] 從任何時代的統治意識形態也是統治階級的意識形態這一經典論述出發，辛亥革命的不徹底性也被歸結為阿 Q 所代表的農民

14 陳湧：〈論魯迅小説的現實主義〉，《人民文學》1954 年第 11 期，第 16–17 頁。

15 同上。

的或整個民族的精神病症與革命之間的關係——一場徹底的革命必須以一場精神的革命或階級的自覺為前提。

但如果僅限於此，魯迅在他的作品中所探索的那些直覺和本能又具有甚麼樣的意義呢？為了說明這一問題，讓我們回到「甚麼是革命」這一問題上來。在現代歷史中，革命一詞的用途十分廣泛，從政治革命、文化革命、感官革命到科學技術革命，不一而足，但就其最為經典的意義而言，我同意這樣一種觀點，即這是一場「道德革命」。但這裏所謂「道德革命」並不屬於良知的領域，不是通常所謂道德領域內部的革命，「而是一場政治上的和法律上的革命」。「革命不是一個人對權威的抗拒，也不是大多數人對各式各樣的權力的不服從，而是在一個憲法的基本原則上的劇烈的、全盤的變化。」[16] 也就是說，革命是一個社會的基本規則和體制的劇烈的變化，例如皇權及其規則

16 約翰・亞當・貝克：〈啓蒙導致革命嗎？〉，載詹姆斯・施密特編，徐向東、盧華萍譯：《啓蒙運動與現代性：18 世紀與 20 世紀的對話》，上海：上海人民出版社，2005，第 234 頁。

系統被徹底地摧毀，共和制度及其規則被確立為新的原則。按照阿倫特（Hannah Arendt, 1906–1975）的說法，革命不同於造反和其他社會變動，它「是唯一讓我們直接地、不可避免地面對開端問題的政治事件」。歷史中的變動「沒有打斷被現代稱之為歷史的那個進程，它根本就不是一個新開端的起點，倒像是回到歷史循環的另一個階段」。[17]「只有當人們開始懷疑，不相信貧困是人類境況固有的現象，不相信那些靠環境、勢力或欺詐擺脫了貧窮桎梏的少數人，和受貧困壓迫的大多數勞動者之間的差別是永恆而不可避免的時候，也即只有在現代，而不是在現代之前，社會問題才開始扮演革命性的角色。」[18] 這樣一場政治的和社會的革命因此應該被解釋為一場道德革命，這不僅因為政治–社會體制的變遷必然涉及倫理和道德價值的變化，而且還因為革命的發生和完成總是包含雙重的原因，即所謂引發性的（外部的）原因和產生性的（內

17 漢娜・阿倫特著，陳周旺譯：《論革命》，南京：鳳凰出版傳媒集團／譯林出版社，2007，第 10–11 頁。

18 同上，第 11 頁。

部的）原因——「只要內部的原因不同時出現，外部的原因絕不會導致一場革命」。[19] 從這個角度說，辛亥革命顛覆了皇權，建立了共和政體，卻沒有完成一場真正的「道德革命」——引發性的原因與產生性的原因沒有同時出現——但迄今為止，究竟有哪一場革命完成了這樣的「道德革命」呢？

魯迅對辛亥革命的批判起源於對這場革命所承諾的秩序變遷的忠誠。在魯迅的心目中存在着兩個辛亥革命：一個是作為全新的歷史開端的革命，以及這個革命對於自由和擺脫一切等級和貧困的承諾；另一個是以革命的名義發生的、並非作為開端的社會變化，它的形態毋寧是重複。他的心目中也存在着兩個中華民國：一個是建立在「道德革命」基礎上的中華民國，而另一個是回到歷史循環的另一個階段的、以中華民國名義出現的社會與國家。魯迅沉痛地說：

---

19 約翰・亞當・貝克：〈啓蒙導致革命嗎？〉，載詹姆斯・施密特編，徐向東、盧華萍譯：《啓蒙運動與現代性：18 世紀與 20 世紀的對話》，第 234 頁。

> 我覺得彷彿久沒有所謂中華民國。我覺得革命以前，我是做奴隸；革命以後不多久，就受了奴隸的騙，變成他們的奴隸了。……我覺得甚麼都要從新做過。退一萬步説罷，我希望有人好好地做一部民國的建國史給少年看，因為我覺得民國的來源，實在已經失傳了，雖然還只有十四年！[20]

魯迅熱烈地為孫中山和民初的革命者辯護，承認辛亥革命事實上觸動並部分地改變了舊秩序，但也正是從這裏出發，他相信「民國的來源，實在已經失傳了」。「民國的來源」暗示着一個喪失了的開端，一個甚至能夠將阿 Q 這樣的人也動員起來的開端——在〈阿 Q 正傳〉中，魯迅並沒有回答這個開端問題，他毋寧是從對開端為甚麼會轉變為循環這樣一個問題的追問開始的。但從另一個角度說，這個對於循環的拒絕不正起源於魯迅對（民國元年）「重複」的召喚嗎？在這個論述中，事實上隱藏着重複與循環的對立。

20　魯迅：〈華蓋集・忽然想到之三〉，《魯迅全集》第三卷，第 16–17 頁。

魯迅探索的重心是「精神勝利法」與突破「精神勝利法」的契機問題，是通過突破「精神勝利法」而使得革命不可逆轉的問題。「精神勝利法」的功能是對失序狀態的重組，因而也是秩序的恢復機制。「精神勝利法」不僅是阿 Q 進行自我安慰的機制或工具，而且就是他的自我本身。阿 Q 據以判斷自身與周圍世界關係的一切都產生於歷史和環境的規訓，他正是根據這些規訓，界定自己與趙太爺、錢太爺、王胡、小 D、吳媽、革命黨人等等的關係。這種對於世界及其秩序的認識也就是一種區分自我與外部世界的方法，而這種方法正是文明、歷史——亦即〈阿 Q 正傳〉第一章談及的聖經賢傳所代表的秩序——的核心。沒有「精神勝利法」，阿 Q 就無法將自己與周遭世界的關係合理化。正由於此，在每一次重要的變動中，他總是通過「精神勝利法」去修補被改變了的秩序，從而抹殺變化本身。辛亥革命促成了皇權的變動和一系列序列性的變化，卻沒有深入到阿 Q 的精神世界裏，他總是將自己的行動置於與過去的秩序的關係之中重建其意義。就革命必須是外部動因與內部動因的同時出現而言，辛亥革命並沒有構成一場徹底的「道德革命」，但魯迅的描寫也隱含了一種企圖，即將阿 Q 的行動方式的「循環」理解為「重複」，從而從歷史內部挖掘和保留革命與改革的因子。在小說的結尾，魯迅說到阿 Q 的死對於舉人老爺和趙府影響，「從這一天以來，他們便漸漸的都發生了遺老的氣味。」[21] 沒有革命創造的制度性的和道德性的轉變，這個「遺老的氣味」是很難被理解的。如果沒有這樣一種視野，如何才能促成外在的變遷與內在的革命同步發生呢？

革命問題因此與啟蒙問題發生了歷史性的關聯。革命的外在變遷已經發生，皇權及其秩序倒塌了，但讓人們相互隔絕的等級制卻如鬼魂一般在遊蕩。這些無處不在的鬼魂通過「精神勝利法」而抑制了阿 Q 對於世界的感知——革命的「產生性的原因」只是在直覺、本能的瞬間生成，卻無從轉化為一種持久的政治能量——一種創造「道德秩序」並使其持續深化的

21　魯迅：〈阿 Q 正傳〉，《魯迅全集》第一卷，第 552 頁。

能量。啟蒙有很多不同的含義，但經典的說法就是在思想和行動中能夠獨立地和自主地運用自己的傾向和能力。在關於「甚麼是啟蒙」的討論中，人們最常引用的是康德（Immanuel Kant, 1724–1804）的界定：「人類脫離自我招致的不成熟。不成熟就是不經別人的引導就不能運用自己的理智。如果不成熟的原因不在於缺乏理智，而在於不經別人引導就缺乏運用自己理智的決心和勇氣，那麼這種不成熟就是自我招致的。Sapere aude!（敢於知道！）要有勇氣運用你的理智！這就是啟蒙的座右銘。」[22] 不成熟是依賴他人引導的狀態，啟蒙則是對這種他人引導的狀況的克服。但康德的這個經典界定在很多方面缺乏清晰的界定：如果人不成熟，常常依賴於他人引導，那麼，應該依靠何種力量讓他進入成熟的狀態？是像盧梭（Jean-Jacques Rousseau, 1712–1778）說的那樣，我們必須

22 康德：〈對這個問題的一個回答：甚麼是啓蒙？〉，載詹姆斯・施密特編，徐向東、盧華萍譯：《啓蒙運動與現代性：18 世紀與 20 世紀的對話》，第 61 頁。

擺脫現在的被引導狀態而回到那個「原始的成熟」，還是像許多啟蒙思想家教導的那樣，通過教育或教化，將人變成一個能夠根據各種可以計算的後果對自己的行動進行規劃的「理性人」？

〈阿 Q 正傳〉對於「精神勝利法」的批判也需要在這個脈絡中加以解釋：「精神勝利法」構成了阿 Q 的自我，但這個自我不是內生的，而是歷史與現實秩序的規訓成果。「精神勝利法」因此是一個內在化的、甚至是自動的依賴他人引導的狀態。我們也可以說它是現實秩序自我合法化的機制。政治秩序的變更不能自發地改變這一普遍的依賴引導的狀態，而缺乏後一個方面的變革，政治變遷又不可能真正完成。對於魯迅而言，人的精神的改變是無法從外面強加的，它只能通過某些契機，開出反省的道路，而文學的任務之一就是發掘這些契機。魯迅在〈答《戲》週刊編者信〉中說：「我的方法是在使讀者摸不着在寫自己以外的誰，一下子就推諉掉，變成旁觀者，而疑心到像是寫自己，又像是寫一切人，由此開出反省的道路。但我看歷來的批評家，是沒有一個注意到這一點的。」[23]

要想「不一下子就推諉掉」，並「開出反省的路」，這個契機在哪裏呢？這個契機就存在於「精神勝利法」失效的片刻，正是在這些片刻，「循環」變成了「重複」——行為的意義不再只是在與過去的關係中加以界定，它是對新的情境和問題的回應。魯迅探索的，就是使其永久失效的可能性，也就是通過對「重複」的不可重複性的揭示打破「循環」的幻覺——「重複」的不可重複性就是現實關係的敞開。這個可能性不是外部賦予和強加的，毋寧是內在於阿 Q 的生命的。在「精神勝利法」失效的那些瞬間，阿 Q 失去了「自我」，無從建立他與周遭世界的循環聯繫，從而失去了一切安全感——他無所適從，心懷恐懼，只能憑藉本能作出反應。〈阿 Q 正傳〉中描述的瞬間是「非歷史的」，它們屬於本能、直覺的領域——本能、直覺沒有對世界作出有序的區分，它的一切反應都在這

23 魯迅：〈且介亭雜文・答《戲》週刊編者信〉，《魯迅全集》第六卷，第 150 頁。

個世界的總體之中。套用弗洛伊德的話說，「最初自我包括一切，後來它從自身中分離出一個外部世界。因而，我們現在的自我感覺只不過是一個更為廣泛的——實際上是一個包羅萬象的——感覺的縮小的殘存物，這種感覺相當於自我與周圍世界更為密切的關係。」[24] 因此，恰恰是在這個無所適從的瞬間，阿 Q 與世界的真實關係裸露出來了。生命主義的政治就是將人置於這一真實的關係之中，尋求對於這一關係的根本改變。

阿 Q 的歷史是秩序的歷史，只有那些偶然的「非歷史的」瞬間才是他自己的歷史。「非歷史」的瞬間是「循環」的終止，它的重複出現提示着歷史的變遷。這些瞬間能夠全面地——但不是自覺地——展示世界自身；也正由於它們是「非歷史的」，一旦它們展現為歷史，就會將自己展現為「開端」——不是過去的延續，而是過去的徹底的中斷。革命的政治因此必須

24 弗洛伊德著，何桂全等譯：〈文明及其不滿〉，《論文明》，北京：國際文化出版公司，2000，第 64–65 頁。

在「無」中誕生，就像阿 Q 的革命也必須在「無」中誕生一樣。只有當阿 Q 脫離其「歷史」的時刻，他才有可能成為一個政治的人；而對阿 Q 來說，「脫離歷史」意味着「意識的中斷」或者說「本能的恢復」。在這個意義上，「政治的人」並非來自「歷史」或「意識」，而是來自「非歷史」，或者說與「歷史（意識）」的決裂。與辛亥革命一樣，阿 Q 的革命也是兩個革命：一個是歷史內部的革命，在這個革命中，阿 Q 遵循着舊的行動方式，通過對革命的想像，恢復了一切舊時的秩序；他最終死於作為這個舊秩序的復辟的革命。另一個是隱而未發的革命，它至多只是存在於稍縱即逝的、模糊的本能和直覺之中。就如同那個被舊秩序的復辟而壓抑了革命一樣，它是「非歷史的」。阿 Q 的可見的革命動機存在於「殊不料這卻使百里聞名的舉人老爺有這樣怕，於是他未免也有些『神往』了」的革命衝動之中，但他的更深的潛力其實存在於他對周遭世界的全然的忘卻。這一點在他神往「革命」之前就已經發生了，他的「神往」是由外部動因和內部動因同時促成的。讓我們回顧這個瞬間：

他在路上走着要「求食」，看見熟識的酒店，看見熟識的饅頭，但他都走過了，不但沒有暫停，而且並不想要。他所求的不是這類東西了；他求的是甚麼東西，他自己不知道。

在這一刻，阿 Q「直覺的知道這與他的『求食』之道很遼遠的」。他不再是要求一個饅頭、一杯酒，而是另一種與一切既定的求食之道不同的求食之道。這裏的新穎之處在於：阿 Q 正是憑藉「直覺」開始嚮往一種他所不知道的東西——一種外在於聖經賢傳、外在於歷史、外在於秩序、外在於自我因而也外在於他與周遭世界的關係的東西。這不正是擺脫他人引導的可能性所在嗎？這個東西可以被界定為「無」，因為它無法通過現存的事物和秩序來呈現自身。只有將這個被直覺所觸碰的「無」發掘出來，阿 Q 才能擺脫依賴他人的引導而行動的慣習。

這些瞬間的契機既不是有待恢復的自然狀態，也不是崇高的革命原則，它們現實地存在於阿 Q 的慾望、直覺和潛意識之中，隨時都在生成和消失。魯迅試圖抓住這些卑微的瞬間，通過對「精神勝利法」的診斷和展示，激發人們「向下超越」——即向着他們的直覺和本能所展示的現實關係超越、向着非歷史的領域超越。革命不可能停留在直覺和本能的範疇裏，但直覺和本能不但透露了真實的需求和真實的關係，而且也直白地表達了改變這一關係的願望。因此，不是向上超越，即擺脫本能、直覺，進入歷史的譜系，而是向下超越，潛入鬼的世界，深化和穿越本能和直覺，獲得對於被歷史譜系所壓抑的譜系的把握，進而展現世界的總體性。在「久沒有所謂中華民國」的世界裏，如果說〈阿 Q 正傳〉是對作為開端的辛亥革命的一個探索，那麼，這個開端也就存在於向下超越的可能性和必要性之中——這是生命的完成，也是一個完全不同的世界觀的誕生。

在這個意義上，〈阿 Q 正傳〉是中國革命開端時代的寓言。

附記

阿Q時代的「死去」與「活來」

本文根據2009年秋季學期在清華大學「魯迅作品精讀」課程上的課堂記錄整理而成。在整理過程中，2010年9月8日，《廣州日報》刊載一則新聞，題為〈高中課本大「變臉」，「魯迅大撤退」惹爭議〉，提及一些傳統的課文被剔出高中語文課本，其中二十世紀的作品佔據多數，魯迅的〈藥〉、〈阿Q正傳〉、〈紀念劉和珍君〉等名篇，連同〈雷雨〉、〈背影〉、〈狼牙山五壯士〉等一道，均在刪除的行列。[1] 就像當代中國的

---

1 http://bbs.ifeng.com/viewthread.php?tid=3887409###

許多新聞報道一樣，這篇報道的可靠性也有待考證，據新的報道糾正說，中學課本中仍將保留了相當數量的魯迅作品。但無論如何，魯迅作品退出中學教科書不是新鮮的話題，從上個世紀九十年代晚期開始，這已經是一個持久的行動。我把它看作是對二十世紀的訣別。2009 年，一位署名蕭讓的作者寫了篇短文，題為〈魯迅滾蛋了，他筆下的人物歡呼雀躍了〉，在網絡上廣為流傳，其中幾段與〈阿 Q 正傳〉有些關聯：

> 近來，由於人民教育出版社在新版語文教材中逐步剔除魯迅的文章，引來一片爭議，贊者有之，阻者有之。而筆者認為，在近年來對魯迅話題經歷了沉默、迴避、冷淡的過程後，現在讓其滾蛋，已經是時候了。
>
> 魯迅之所以滾蛋，是因為那些曾經被其攻擊、痛斥、譏諷、憐憫的人物又一次復活了，魯迅的存在，讓他們感到恐懼、驚慌、卑怯，甚至無地自容。[2]

2　同上。

「恐懼、驚慌、卑怯、無地自容」這幾個詞用得有意思。在〈阿 Q 正傳〉中，「卑怯」當然是很重要的，但「驚慌」、「恐懼」並不常見，能夠記起的，大概是阿 Q 最後上刑場的瞬間。「無地自容」也有過一回，我在文中已經做了分析。據我的看法，在魯迅的筆下，恐懼、驚慌、無地自容其實是正面的感覺，是某種契機和起點，而卑怯卻是負面的，它會轉化為自欺欺人，也會蛻變為恃強凌弱。這幾種感覺之間的區別對於理解魯迅作品非常關鍵。

蕭讓又接着說：

> 趙貴翁、趙七爺、康大叔、紅眼阿義、王胡、小 D 們復活了。有的混入警察隊伍，有的當上了聯防隊員、城管。披上制服興奮得他們臉上「橫肉塊塊飽綻」，手執「無形的丈八蛇矛」，合理合法地幹起了敲詐勒索，逼良為娼的勾當。如果姓夏那小子在牢裏不規矩，不用再「給他兩個嘴巴」，令其「躲貓貓」足矣。想想，這些下做的勾當兒怎能讓魯迅這種尖刻的小人評說？！

阿Q們復活了。從土穀祠搬到了網吧，但其振臂一呼的口號已經不是「老子革命了！」而是「老子民主了！」每天做夢都盼着「白盔白甲」的美國海軍陸戰隊早一天殺過來，在中國建立民主。因為只要美國的「民主」一到，趙七爺家的錢財、吳媽、秀才老婆乃至未莊的所有女人就都是我的了！哼！而魯迅卻偏偏要我做個被世人嘲諷了數十年的冤死鬼，我豈能容你？！

假洋鬼子們復活了。這回乾脆入了外籍，成了真洋鬼子。並且人模狗樣兒地一窩鋒地鑽進「愛國大片」的劇組，演起了凜然正氣、憂國憂民的仁人志士，讓人好生不舒服。此種一邊哽咽着頌揚祖國母親，一邊往象徵中華文明的青銅大鼎裏撒尿的舉動，豈不是魯迅雜文中的絕好素材？！[3]

再往後，作者提到了中國人的逆來順受、提到了中國社會遍佈看客的景象、提到了匕首和投槍式的批判

3　同上。

精神的失落——在作者看來，所有這一切都是魯迅作品被剔出中學教科書的原因。

魯迅和他的作品總是被不同的人在不同的時期所召喚，肯定與否定都源自魯迅和他的作品成為人們看待自己的社會和時代的坐標。魯迅作品的命運因此總是居於不斷地被驅逐、抹殺，又不斷地被召回和重新閱讀之間。這些驅逐和抹殺的行動，也同時激發了召回和重新閱讀的激情，從而共同地完成了魯迅作品的經典化過程。不要說在魯迅死後的時期裏面，就是在〈阿 Q 正傳〉發表沒幾年的時候，1928 年 3 月，一個後來非常著名的批評家，就寫了〈死去了的阿 Q 時代〉，發表在倡導「革命文學」的《太陽月刊》上。他就是錢杏邨（1900–1977），後來成為一個很好的學者，整理中國古典小說有很大的成績。1928 年是大革命失敗後的一年，也是「革命文學」理論開始流行的一年。兩個很重要的社團即太陽社和創造社，在倡導「革命文學」方面最為不遺餘力。那個時候，一些年輕的批評家和理論家從日本回到中國，用在日本學到的激進理論解釋「五四」新文學，他們對「五四」一代的批評以及〈阿 Q 正傳〉的負面解釋與今天對魯迅的拒絕並不相同，是從激進的、革命的方面展開的，但也有一致的地方，就是兩者都訴諸於時代：時代變了，魯迅過時了；前者認為中國正在走向一個革命的時代，而阿 Q 時代是前革命的；後者認為中國處於市場化、全球化、民族崛起的後革命時代，〈阿 Q 正傳〉所描述的精神現象，除了讓人想起那些有關中國國民性的暗淡描述，還會有甚麼結果呢？錢杏邨是這麼說的：

> 無論魯迅著作的量增加到任何的地步，無論一部分讀者對魯迅是怎樣的崇拜，無論〈阿 Q 正傳〉中的造句是如何的俏皮刻毒，在事實上看來，魯迅終竟不是這個時代的表現者，他的著作內含的思想，也不足以代表十年來的中國文藝思潮！
>
> 十年來的中國文藝思潮的轉變，果真細細的分析，它的速度和政治的變化是一樣的急激。我們目擊政治思想一次一次從嶄新變為陳舊，我們

看見許多的政治中心人物抓不住時代，一個一個的被時代的怒濤卷沒；最近兩年來政治上的屢次分化，和不革命階級的背叛革命，在在都可以證明這個特徵。文壇上的現象也是如此。在幾個老作家看來，中國文壇似乎仍然是他們的「幽默」的勢力，「趣味」的勢力，「個人主義思潮」的勢力，實際上，中心的力量早已暗暗的轉移了方向，走上了革命文學的路了。[4]

在錢杏邨看來，時代已經進入了一個革命的政治、革命的文學的時代，而魯迅帶着幽默的、個人主義的態度描寫世界，筆下盡是黑暗的、反諷的、國民性的內容，無法把握內在的、真實的社會變動，這個方式過時了。其實，早在 1926 年，魯迅就在〈《阿 Q 正傳》的成因〉中說過：「我也很願意如人們所說，我只寫了現在以前的或一時期，但我恐怕我所看見的並非現

4　錢杏邨：〈死去了的阿 Q 時代〉，《太陽月刊》，1928 年第 3 號，第 2 頁。

代的前身，而是其後，或者竟是二三十年之後。」[5]

與一九二〇年代晚期的激進左翼的態度不同，從中學課本中驅除魯迅作品的動力則代表着另一趨勢。我說趨勢，是大而化之的提法，因為對於魯迅的作品在中學課本裏收入不收入、收入多少，並不是不可以討論的問題。文化大革命結束後，針對魯迅作品的泛政治化問題，許多人對於魯迅和他的寫作有一種本能的反感。但這與二十世紀最後十年的「去魯迅」過程不能說是同一個問題：一九九〇年代是魯迅描述的現象大規模復活的時代，對於魯迅的排斥也因此達到了頂峯。魯迅描述的那些現象、形象，以另外一種方式，生活在我們中間，變成我們自己的「精神現象」和社會現象。我們對他的拒斥，不是因為過時，而是因為我們懼怕他，感覺到他的力量。

如果對魯迅作品的驅逐包含着對魯迅作品的潛在力量的畏懼的話，那麼，這一拒斥比錢杏邨的斷言也許深刻一些，因為這裏的所謂畏懼產生於新時代的

5　魯迅：〈《阿 Q 正傳》的成因〉，《魯迅全集》第三卷，第 397 頁。

一種生存本能。在〈阿 Q 正傳〉中，「生存本能」是一種積極的能量，這一點我已經做了詳盡的分析。魯迅早年接受進化論，對於進步有一種矢志不移的堅韌，但也正由於這種對於進步的信念，他看到的多是變遷時代的不變性。他在民國的時代，在顛覆了皇權的共和國裏，經常恍如活在宋末、明季——這是晚清民族主義革命者眼中的最嚴峻、最黑暗的時代。他慨歎說，時間、進步總是跟世界的其他地方有關係的，唯獨跟中國沒有關係。這個說法與其說是對進化論歷史觀的臣服，毋寧表達的是他對辛亥革命這一歷史事件的忠誠——魯迅對辛亥革命的批評不是對於這一革命的否定，他的批判起源於無法改變的忠誠。在今天，召喚魯迅的亡魂，在我看來，也是對於那個事件的忠誠，就如同對魯迅的驅逐其實根源於對於作為一個事件的革命的告別、拒斥和背叛一樣。這是二十世紀的開端，是失敗了的、但同時又創造了新時代的事件——二十世紀的全部歷史都可以視為這一事件的後續發展。魯迅的一次次「死去」和一次次「活來」全部根源於我們與作為事件的革命的關係——通過召喚與拒絕，我們各自表達着對於這一事件的忠誠與背叛。〈阿 Q 正傳〉是一部關於革命的書——當我們說它是中國國民性的寓言之時，不要忘記它也是對於突破「精神勝利法」的探索，而阿 Q 的「革命」、他終於要革命的動力，以及中國革命與阿 Q 這樣的農民之間的關係，不也是中國革命的寓言嗎？

文學作品——或者說，一切類型的作品——的經典化是一個持久的過程。沒有否定、拒斥和驅逐，就不會激發起對作品的新的閱讀，舊的經典也會由於僵化的閱讀而自行死亡。經典化與正統化之間有着一種歷史的關聯。魯迅的作品，包括〈狂人日記〉、〈阿 Q 正傳〉早已被現代文學史、中小學教材當成經典，只要讀過一點書的人，沒有人不知道阿 Q 這個名詞的。這個名詞的普遍性，就像賈寶玉、林黛玉、李逵、武松、關雲長、劉備、曹操等等一樣，早已成為不可能被抹殺的大眾知識的一部分，但不同之處在於：這些古典作品中的人物已經徹底地類型化了，而阿 Q 仍然生活在我們中間、生活在我們內部。經典化常常與僵化同行，它意味着一個作品被供奉在經典的位置上，而失去了與時代和日常生活的對話能力。經典與經典化過程相互關聯，但需要作出區分：經典是活的，但經典化過程卻經常將對一個作品的閱讀限制在固定的框架內。從中學的時候開始，老師們就會按照主題思想、人物特徵、修辭方法等範疇分析魯迅作品，考試的時候，答題稍微有所偏離，就可能被否決。我當然希望魯迅的很多作品保留在中學課本、小學課本裏面，成為我們日常閱讀的對象；但作品被放在教材裏面，也常常是人們拒斥這個作品的原因。複習考試，背中心思想，周而復始，對任何作品也難以提起興趣。最偉大的作品，一旦被凝固在一個閱讀框架下，它的生命力也就死掉了。一個作品的意義在於它的開放性，在於它跟我們自己的生活發生對話的潛力。活的經典，意味着詮釋的方向不斷發生變異，沒有一個簡單的標準答案——何止是「詩無達詁」，敘事性的作品也有這個特點。將那位網友的看法與錢杏邨的話兩相對照，方向完全不同，他們對魯迅小說〈阿 Q 正傳〉的解釋，也是截然不同的。在文學的歷史上，任何一次經典化或去經典化，都是政治性的，都與權力支配有關，都是不同形式的定於一尊，沒有例外。經典化與去經典化也都是在擴大其影響和限制其影響之間的運動。我這裏說的限制其影響並不僅僅指去經典化，事實上，經典化過程本身就包含着限制與遮蔽。對某個作品的經典化是為了使其跟某一個政治方向、價值方向相一致；當它隱含的另一個方向脫穎而出、溢出「經典閱讀」的軌道的時候，遮蔽、規訓和驅逐就是不可避免的。就好像書法，唐代以後，王羲之（303–361）的書法被塑造為真正的典範，而其他的書法風格卻在無形中被壓抑了。因此，在這樣一個時刻重新閱讀〈阿 Q 正傳〉，與其說是為了重申這一作品的經典地位，毋寧說是一個解放的行動——從舊的閱讀中解放出來，讓這個作品重新成為活的經典。

我忍不住地將阿 Q 的命運與我們身處的世界加以對比。在中國的南方，富士康的十三位工人一個接一個地跳樓自殺。據說，在他們之外，還有自殺未遂而受傷的女工。他們在跳樓的瞬間究竟在想甚麼？按照常理，他們是有其他選擇的可能的：相對於失業者，他們有一份工作；相對於其他血汗工廠，他們是台資大企業；如果無法忍受這樣的工作，他們或許可以回鄉；他們也可以辭職，另謀出路；他們還可以像本田工廠的工人那樣組織起來罷工，以爭得更好的待遇……但為甚麼他們沒有這麼做？自殺不但是對富士康的工作環境的抗議，而且也是對於上述各種選擇的否定。我想到了魯迅描述過的「無聊」，一種深刻的對於意義的否定。不像可憐的阿 Q，死在審判與槍決之中，他們自我了斷，卻像阿 Q 的死一樣，震撼了我們的心。在那十三個瞬間，身體與靈魂分離過嗎？他們如此沉靜地走向死亡，或許竟不會有那種咬嚙靈魂的痛楚，因為痛楚一直就那樣存在着。這是一種自覺的死亡，還是大眾媒體上所說的精神病症？我們得不到回答，唯有媒體上一片譁然，以及這譁然背後依舊的空洞與寂寞。

我想起了一個余華喜歡引用的博爾赫斯（Jorge Luis Borges, 1899–1986）的句子：「就像水消失在水中」。

2010 年 10 月 16 日重陽節

附錄

阿Q正傳

魯迅

第一章　序

我要給阿Q做正傳，已經不止一兩年了。但一面要做，一面又往回想，這足見我不是一個「立言」的人，因為從來不朽之筆，須傳不朽之人，於是人以文傳，文以人傳——究竟誰靠誰傳，漸漸的不甚了然起來，而終於歸接到傳阿Q，彷彿思想裏有鬼似的。

然而要做這一篇速朽的文章，才下筆，便感到萬分的困難了。第一是文章的名目。孔子曰，「名不正則言不順」。這原是應該極注意的。傳的名目很繁多：列傳，自傳，內傳，外傳，別傳，家傳，小傳……，而可惜都不合。「列傳」麼，這一篇並非和許多闊人排在「正史」裏；「自傳」麼，我又並非就是阿Q。說是「外傳」，「內傳」在那裏呢？倘用「內傳」，阿Q又決不是神仙。「別傳」呢，阿Q實在未曾有大總統上諭宣付國史館立「本傳」——雖說英國正史上並無「博徒列傳」，而文豪迭更司也做過《博徒別傳》這一部書，但文豪則可，在我輩卻不可。其次是「家傳」，則我既不知與阿Q是否同宗，也未曾受他子孫的拜託；或「小傳」，則阿Q又更無別的「大傳」了。總而言之，這一篇也便是「本傳」，但從我的文章着想，因為文體卑下，是「引車賣漿者流」所用的話，所以不敢僭稱，便從不入三教九流的小說家所謂「閒話休題言歸正傳」這一句套話裏，取出「正傳」兩個字來，作為名目，即使與古人所撰《書法正傳》的「正傳」字面上很相混，也顧不得了。

第二，立傳的通例，開首大抵該是「某，字某，某地人也」，而我並不知道阿Q姓甚麼。有一回，他似乎是姓趙，但第二日便模糊了。那是趙太爺的兒子進了秀才的時候，鑼聲鏜鏜的報到村裏來，阿Q正喝了兩碗黃酒，便手舞足蹈的說，這於他也很光采，因為他和趙太爺原來是本家，細細的排起來他還比秀才長三輩呢。其時幾個旁聽人倒也肅然的有些起敬了。那知道第二天，地保便叫阿Q到趙太爺家裏去；太爺一見，滿臉濺朱，喝道：

「阿Q，你這渾小子！你說我是你的本家麼？」

阿Q不開口。

趙太爺愈看愈生氣了，搶進幾步說：「你敢胡說！我怎麼會有你這樣的本家？你姓趙麼？」

阿Q不開口，想往後退了；趙太爺跳過去，給了他一個嘴巴。

「你怎麼會姓趙！——你那裏配姓趙！」

阿Q並沒有抗辯他確鑿姓趙，只用手摸着左頰，和地保退出去了；外面又被地保訓斥了一番，謝了地保二百文酒錢。知道的人都說阿Q太荒唐，自己去招打；他大約未必姓趙，即使真姓趙，有趙太爺在這裏，也不該如此胡說的。此後便再沒有人提起他的氏族來，所以我終於不知道阿Q究竟甚麼姓。

第三，我又不知道阿Q的名字是怎麼寫的。他活着的時候，人都叫他阿 Quei，死了以後，便沒有一個人再叫阿 Quei 了，那裏還會有「著之竹帛」的事。若論「著之竹帛」，這篇文章要算第一次，所以先遇着了這第一個難關。我曾仔細想：阿 Quei，阿桂還是阿貴呢？倘使他號月亭，或者在八月間做過生日，那一定是阿桂了；而他既沒有號——也許有號，只是沒有人知道他，——又未嘗散過生日徵文的帖子：寫作阿桂，是武斷的。又倘使他有一位老兄或令弟叫阿富，那一定是阿貴了；而他又只是一個人：寫作阿貴，也沒有佐證的。其餘音 Quei 的偏僻字樣，更加湊不上了。先前，我也曾問過趙太爺的兒子茂才先生，誰料博雅如此公，竟也茫然，但據結論說，是因為陳獨秀辦了《新青年》提倡洋字，所以國粹淪亡，無可查考了。我的最後的手段，只有託一個同鄉去查阿 Q 犯事的案卷，八個月之後才有回信，說案卷裏並無與阿 Quei 的聲音相近的人。我雖不知道是真沒有，還是沒有查，然而也再沒有別的方法了。生怕注音字母還未通行，只好用了「洋字」，照英國流行的拼法寫他為阿 Quei，略作阿 Q。這近於盲從《新青年》，自己也很抱歉，但茂才公尚且不知，我還有甚麼好辦法呢。

第四，是阿 Q 的籍貫了。倘他姓趙，則據現在好稱郡望的老例，可以照《郡名百家姓》上的註解，說是「隴西天水人也」，但可惜這姓是不甚可靠的，因此籍貫也就有些決不定。他雖然多住未莊，然而也常常宿在別處，不能說是未莊人，即使說是「未莊人也」，也仍然有乖史法的。

我所聊以自慰的，是還有一個「阿」字非常正確，絕無附會假借的缺點，頗可以就正於通人。至於其餘，卻都非淺學所能穿鑿，只希望有「歷史癖與考據癖」的胡適之先生的門人們，將來或者能夠尋出許多新端緒來，但是我這〈阿 Q 正傳〉到那時卻又怕早經消滅了。

以上可以算是序。

第二章　優勝記略

阿 Q 不獨是姓名籍貫有些渺茫，連他先前的「行狀」也渺茫。因為未莊的人們之於阿 Q，只要他幫忙，只拿他玩笑，從來沒有留心他的「行狀」的。而阿 Q 自己也不說，獨有和別人口角的時候，間或瞪着眼睛道：

「我們先前——比你闊的多啦！你算是甚麼東西！」

阿 Q 沒有家，住在未莊的土穀祠裏；也沒有固定的職業，只給人家做短工，割麥便割麥，舂米便舂米，撐船便撐船。工作略長久時，他也或住在臨時主人的家裏，但一完就走了。所以，人們忙碌的時候，也還記起阿 Q 來，然而記起的是做工，並不是「行狀」；一閒空，連阿 Q 都早忘卻，更不必說「行狀」了。只是有一回，有一個老頭子頌揚說：「阿 Q 真能做！」這時阿 Q 赤着膊，懶洋洋的瘦伶仃的正在他面前，別人也摸不着這話是真心還是譏笑，然而阿 Q 很喜歡。

阿 Q 又很自尊，所有未莊的居民，全不在他眼神裏，甚而至於對於兩位「文童」也有以為不值一笑的神情。夫文童者，將來恐怕要變秀才者也；趙太爺錢太爺大受居民的尊敬，除有錢之外，就因為都是文童的爹爹，而阿 Q 在精神上獨不表格外的崇奉，他想：我的兒子會闊得多啦！加以進了幾回城，阿 Q 自然更自負，然而他又很鄙薄城裏人，譬如用三尺三寸寬的木板做成的凳子，未莊人叫「長凳」，他也叫「長凳」，城裏人卻叫「條凳」，他想：這是錯的，可笑！油煎大頭魚，未莊都加上半寸長的蔥葉，城裏卻加上切細的蔥絲，他想：這也是錯的，可笑！然而未莊人真是不見世面的可笑的鄉下人呵，他們沒有見過城裏的煎魚！

阿 Q「先前闊」，見識高，而且「真能做」，本來幾乎是一個「完人」了，但可惜他體質上還有一些缺點。最惱人的是在他頭皮上，頗有幾處不知於何時的癩瘡疤。這雖然也在他身上，而看阿 Q 的意思，倒也似乎以為不足貴的，因為他諱說「癩」以及一切近於「賴」的音，後來推而廣之，「光」也諱，「亮」也諱，再後來，連「燈」「燭」都諱了。一犯諱，不問有心與無心，阿 Q 便全疤通紅的發起怒來，估量了對手，口訥的他便罵，氣力小的他便打；然而不知怎麼一回事，總還是阿 Q 吃虧的時候多。於是他漸漸的變換了方針，大抵改為怒目而視了。

誰知道阿 Q 採用怒目主義之後，未莊的閒人們便愈喜歡玩笑他。一見面，他們便假作吃驚的說：

「噲，亮起來了。」

阿 Q 照例的發了怒，他怒目而視了。

「原來有保險燈在這裏！」他們並不怕。

阿 Q 沒有法，只得另外想出報復的話來：

「你還不配……」這時候，又彷彿在他頭上的是一種高尚的光容的癩頭瘡，並非平常的癩頭瘡了；但上文說過，阿 Q 是有見識的，他立刻知道和「犯忌」有點抵觸，便不再往底下說。

閒人還不完，只撩他，於是終而至於打。阿 Q 在形式上打敗了，被人揪住黃辮子，在壁上碰了四五個響頭，閒人這才心滿意足的得勝的走了，阿 Q 站了一刻，心裏想，「我總算被兒子打了，現在的世界真不像樣⋯⋯」於是也心滿意足的得勝的走了。

阿 Q 想在心裏的，後來每每說出口來，所以凡是和阿 Q 玩笑的人們，幾乎全知道他有這一種精神上的勝利法，此後每逢揪住他黃辮子的時候，人就先一着對他說：

「阿 Q，這不是兒子打老子，是人打畜生。自己說：人打畜生！」

阿 Q 兩隻手都捏住了自己的辮根，歪着頭，說道：

「打蟲豸，好不好？我是蟲豸——還不放麼？」

但雖然是蟲豸，閒人也並不放，仍舊在就近甚麼地方給他碰了五六個響頭，這才心滿意足的得勝的走了，他以為阿 Q 這回可遭了瘟。然而不到十秒鐘，阿 Q 也心滿意足的得勝的走了，他覺得他是第一個能夠自輕自賤的人，除了「自輕自賤」不算外，餘下的就是「第一個」。狀元不也是「第一個」麼？「你算是甚麼東西」呢！？

阿 Q 以如是等等妙法克服怨敵之後，便愉快的跑到酒店裏喝幾碗酒，又和別人調笑一通，口角一通，又得了勝，愉快的回到土穀祠，放倒頭睡着了。

假使有錢，他便去押牌寶，一堆人蹲在地面上，阿Q即汗流滿面的夾在這中間，聲音他最響：

「青龍四百！」

「咳……開……啦！」樁家揭開盒子蓋，也是汗流滿面的唱。「天門啦……角回啦……！人和穿堂空在那裏啦……！阿Q的銅錢拿過來……！」

「穿堂一百——一百五十！」

阿Q的錢便在這樣的歌吟之下，漸漸的輸入別個汗流滿面的人物的腰間。他終於只好擠出堆外，站在後面看，替別人着急，一直到散場，然後戀戀的回到土穀祠，第二天，腫着眼睛去工作。

但真所謂「塞翁失馬安知非福」罷，阿Q不幸而贏了一回，他倒幾乎失敗了。

這是未莊賽神的晚上。這晚上照例有一台戲，戲台左近，也照例有許多的賭攤。做戲的鑼鼓，在阿Q耳朵裏彷彿在十里之外；他只聽得樁家的歌唱了。他贏而又贏，銅錢變成角洋，角洋變成大洋，大洋又成了疊。他興高采烈得非常：

「天門兩塊！」

他不知道誰和誰為甚麼打起架來了。罵聲打聲腳步聲，昏頭昏腦的一大陣，他才爬起來，賭攤不見了，人們也不見了，身上有幾處很似乎有些痛，似乎也挨了幾拳幾腳似的，幾個人詫異的對他看。他如有所失的走進土穀祠，定一定神，知道他的一堆洋錢不見了。趕賽會的賭攤多不是本村人，還到那裏去尋根柢呢？

很白很亮的一堆洋錢！而且是他的——現在不見了！說是算被兒子拿去了罷，總還是忽忽不樂；說自己是蟲豸罷，也還是忽忽不樂：他這回才有些感到失敗的苦痛了。

但他立刻轉敗為勝了。他擎起右手，用力的在自己臉上連打了兩個嘴巴，熱剌剌的有些痛；打完之後，便心平氣和起來，似乎打的是自己，被打的是別一個自己，不久也就彷彿是自己打了別個一般，——雖然還有些熱剌剌，——心滿意足的得勝的躺下了。

他睡着了。

第三章　續優勝記略

然而阿 Q 雖然常優勝，卻直待蒙趙太爺打他嘴巴之後，這才出了名。

他付過地保二百文酒錢，憤憤的躺下了，後來想：「現在的世界太不成話，兒子打老子……」於是忽而想到趙太爺的威風，而現在是他的兒子了，便自己也漸漸的得意起來，爬起身，唱着《小孤孀上墳》到酒店去。這時候，他又覺得趙太爺高人一等了。

說也奇怪，從此之後，果然大家也彷彿格外尊敬他。這在阿 Q，或者以為因為他是趙太爺的父親，而其實也不然。未莊通例，倘如阿七打阿八，或者李四打張三，向來本不算口碑。一上口碑，則打的既有名，被打的也就託庇有了名。至於錯在阿 Q，那自然是不必說。所以者何？就因為趙太爺是不會錯的。但他既然錯，為甚麼大家又彷彿格外尊敬他呢？這可難解，穿鑿起來說，或者因為阿 Q 說是趙太爺的本家，雖然挨了打，大家也還怕有些真，總不如尊敬一些穩當。

否則，也如孔廟裏的太牢一般，雖然與豬羊一樣，同是畜生，但既經聖人下箸，先儒們便不敢妄動了。

阿 Q 此後倒得意了許多年。

有一年的春天，他醉醺醺的在街上走，在牆根的日光下，看見王胡在那裏赤着膊捉蝨子，他忽然覺得身上也癢起來了。這王胡，又癩又胡，別人都叫他王癩胡，阿 Q 卻刪去了一個癩字，然而非常渺視他。阿 Q 的意思，以為癩是不足為奇的，只有這一部絡腮鬍子，實在太新奇，令人看不上眼。他於是並排坐下去了。倘是別的閒人們，阿 Q 本不敢大意坐下去。但這王胡旁邊，他有甚麼怕呢？老實說：他肯坐下去，簡直還是抬舉他。

阿 Q 也脫下破夾襖來，翻檢了一回，不知道因為新洗呢還是因為粗心，許多工夫，只捉到三四個。他看那王胡，卻是一個又一個，兩個又三個，只放在嘴裏畢畢剝剝的響。

阿 Q 最初是失望，後來卻不平了：看不上眼的王胡尚且那麼多，自己倒反這樣少，這是怎樣的大失體統的事呵！他很想尋一兩個大的，然而竟沒有，好容易才捉到一個中的，恨恨的塞在厚嘴脣裏，狠命一咬，劈的一聲，又不及王胡的響。

他癩瘡疤塊塊通紅了，將衣服摔在地上，吐一口唾沫，說：

「這毛蟲！」

「癩皮狗，你罵誰？」王胡輕蔑的抬起眼來說。

阿 Q 近來雖然比較的受人尊敬，自己也更高傲些，但和那些打慣的閒人們見面還膽怯，獨有這回卻非常武勇了。這樣滿臉鬍子的東西，也敢出言無狀麼？

「誰認便罵誰！」他站起來，兩手叉在腰間說。

「你的骨頭癢了麼？」王胡也站起來，披上衣服說。

阿 Q 以為他要逃了，搶進去就是一拳。這拳頭還未達到身上，已經被他抓住了，只一拉，阿 Q 蹌蹌踉踉的跌進去，立刻又被王胡扭住了辮子，要拉到牆上照例去碰頭。

「『君子動口不動手』！」阿 Q 歪着頭說。

王胡似乎不是君子，並不理會，一連給他碰了五下，又用力的一推，至於阿 Q 跌出六尺多遠，這才滿足的去了。

在阿 Q 的記憶上，這大約要算是生平第一件的屈辱，因為王胡以絡腮鬍子的缺點，向來只被他奚落，從沒有奚落他，更不必說動手了。而他現在竟動手，很意外，難道真如市上所說，皇帝已經停了考，不要秀才和舉人了，因此趙家減了威風，因此他們也便小覷了他麼？

阿 Q 無可適從的站着。

遠遠的走來了一個人，他的對頭又到了。這也是阿 Q 最厭惡的一個人，就是錢太爺的大兒子。他先前跑上城裏去進洋學堂，不知怎麼又跑到東洋去了，半年之後他回到家裏來，腿也直了，辮子也不見了，他的母親大哭了十幾場，他的老婆跳了三回井。後來，他的母親到處說，「這辮子是被壞人灌醉了酒剪去了。本來可以做大官，現在只好等留長再說了。」然而阿 Q 不肯信，偏稱他「假洋鬼子」，也叫作「裏通外國的人」，一見他，一定在肚子裏暗暗的咒罵。

阿 Q 尤其「深惡而痛絕之」的，是他的一條假辮子。辮子而至於假，就是沒了做人的資格；他的老婆不跳第四回井，也不是好女人。

這「假洋鬼子」近來了。

「禿兒。驢……」阿Q歷來本只在肚子裏罵，沒有出過聲，這回因為正氣忿，因為要報仇，便不由的輕輕的說出來了。

不料這禿兒卻拿着一支黃漆的棍子——就是阿Q所謂哭喪棒——大踏步走了過來。阿Q在這剎那，便知道大約要打了，趕緊抽緊筋骨，聳了肩膀等候着，果然，拍的一聲，似乎確鑿打在自己頭上了。

「我說他！」阿Q指着近旁的一個孩子，分辯說。

拍！拍拍！

在阿Q的記憶上，這大約要算是生平第二件的屈辱。幸而拍拍的響了之後，於他倒似乎完結了一件事，反而覺得輕鬆些，而且「忘卻」這一件祖傳的寶貝也發生了效力，他慢慢的走，將到酒店門口，早已有些高興了。

但對面走來了靜修庵裏的小尼姑。阿Q便在平時，看見伊也一定要唾罵，而況在屈辱之後呢？他於是發生了回憶，又發生了敵愾了。

「我不知道我今天為甚麼這樣晦氣，原來就因為見了你！」他想。

他迎上去，大聲的吐一口唾沫：

「咳，呸！」

小尼姑全不睬，低了頭只是走。阿 Q 走近伊身旁，突然伸出手去摩着伊新剃的頭皮，呆笑着，說：

「禿兒！快回去，和尚等着你……」

「你怎麼動手動腳……」尼姑滿臉通紅的說，一面趕快走。

酒店裏的人大笑了。阿 Q 看見自己的勳業得了賞識，便愈加興高采烈起來：

「和尚動得，我動不得？」他扭住伊的面頰。

酒店裏的人大笑了。阿 Q 更得意，而且為了滿足那些賞鑒家起見，再用力的一擰，才放手。

他這一戰，早忘卻了王胡，也忘卻了假洋鬼子，似乎對於今天的一切「晦氣」都報了仇；而且奇怪，又彷彿全身比拍拍的響了之後輕鬆，飄飄然的似乎要飛去了。

「這斷子絕孫的阿 Q！」遠遠地聽得小尼姑的帶哭的聲音。

「哈哈哈！」阿 Q 十分得意的笑。

「哈哈哈！」酒店裏的人也九分得意的笑。

第四章　戀愛的悲劇

有人說：有些勝利者，願意敵手如虎，如鷹，他才感得勝利的歡喜；假使如羊，如小雞，他便反覺得勝利的無聊。又有些勝利者，當克服一切之後，看見死的死了，降的降了，「臣誠惶誠恐死罪死罪」，他於是沒有了敵人，沒有了對手，沒有了朋友，只有自己在上，一個，孤另另，淒涼，寂寞，便反而感到了勝利的悲哀。然而我們的阿 Q 卻沒有這樣乏，他是永遠得意的：這或者也是中國精神文明冠於全球的一個證據了。

看哪，他飄飄然的似乎要飛去了！

然而這一次的勝利，卻又使他有些異樣。他飄飄然的飛了大半天，飄進土穀祠，照例應該躺下便打鼾。誰知道這一晚，他很不容易合眼，他覺得自己的大拇指和第二指有點古怪：彷彿比平常滑膩些。不知道是小尼姑的臉上有一點滑膩的東西黏在他指上，還是他的指頭在小尼姑臉上磨得滑膩了？……

「斷子絕孫的阿Q！」

阿Q的耳朵裏又聽到這句話。他想：不錯，應該有一個女人，斷子絕孫便沒有人供一碗飯，……應該有一個女人。夫「不孝有三無後為大」，而「若敖之鬼餒而」，也是一件人生的大哀，所以他那思想，其實是樣樣合於聖經賢傳的，只可惜後來有些「不能收其放心」了。

「女人，女人！……」他想。

「……和尚動得……女人，女人！……女人！」他又想。

我們不能知道這晚上阿Q在甚麼時候才打鼾。但大約他從此總覺得指頭有些滑膩，所以他從此總有些飄飄然；「女……」他想。

即此一端，我們便可以知道女人是害人的東西。

中國的男人，本來大半都可以做聖賢，可惜全被女人毀掉了。商是妲己鬧亡的；周是褒姒弄壞的；秦……雖然史無明文，我們也假定他因為女人，大約未必十分錯；而董卓可是的確給貂蟬害死了。

阿 Q 本來也是正人，我們雖然不知道他曾蒙甚麼明師指授過，但他對於「男女之大防」卻歷來非常嚴；也很有排斥異端——如小尼姑及假洋鬼子之類——的正氣。他的學說是：凡尼姑，一定與和尚私通；一個女人在外面走，一定想引誘野男人；一男一女在那裏講話，一定要有勾當了。為懲治他們起見，所以他往往怒目而視，或者大聲說幾句「誅心」話，或者在冷僻處，便從後面擲一塊小石頭。

誰知道他將到「而立」之年，竟被小尼姑害得飄飄然了。這飄飄然的精神，在禮教上是不應該有的，——所以女人真可惡，假使小尼姑的臉上不滑膩，阿 Q 便不至於被蠱，又假使小尼姑的臉上蓋一層布，阿 Q 便也不至於被蠱了，——他五六年前，曾在戲台下的人叢中擰過一個女人的大腿，但因為隔一層褲，所以此後並不飄飄然，——而小尼姑並不然，這也足見異端之可惡。

「女……」阿 Q 想。

他對於以為「一定想引誘野男人」的女人，時常留心看，然而伊並不對他笑。他對於和他講話的女人，也時常留心聽，然而伊又並不提起關於甚麼勾當的話來。哦，這也是女人可惡之一節：伊們全都要裝「假正經」的。

這一天，阿 Q 在趙太爺家裏舂了一天米，吃過晚飯，便坐在廚房裏吸旱煙。倘在別家，吃過晚飯本可以回去的了，但趙府上晚飯早，雖說定例不准掌燈，一吃完便睡覺，然而偶然也有一些例外：其一，是趙大爺未進秀才的時候，准其點燈讀文章；其二，便是阿 Q 來做短工的時候，准其點燈舂米。因為這一條例外，所以阿 Q 在動手舂米之前，還坐在廚房裏吸煙旱。

吳媽，是趙太爺家裏唯一的女僕，洗完了碗碟，也就在長凳上坐下了，而且和阿 Q 談閒天：

「太太兩天沒有吃飯哩，因為老爺要買一個小的……」

「女人……吳媽……這小孤孀……」阿Q想。

「我們的少奶奶是八月裏要生孩子了……」

「女人……」阿Q想。

阿Q放下煙管，站了起來。

「我們的少奶奶……」吳媽還嘮叨說。

「我和你睏覺，我和你睏覺！」阿Q忽然搶上去，對伊跪下了。

一剎時中很寂然。

「阿呀！」吳媽楞了一息，突然發抖，大叫着往外跑，且跑且嚷，似乎後來帶哭了。

阿Q對了牆壁跪着也發楞，於是兩手扶着空板凳，慢慢的站起來，彷彿覺得有些糟。他這時確也有些忐忑了，慌張的將煙管插在褲帶上，就想去舂米。蓬的一聲，頭上着了很粗的一下，他急忙回轉身去，那秀才便拿了一支大竹槓站在他面前。

「你反了，……你這……」

大竹槓又向他劈下來了。阿Q兩手去抱頭，拍的正打在指節上，這可很有些痛。他衝出廚房門，彷彿背上又着了一下似的。

「忘八蛋！」秀才在後面用了官話這樣罵。

阿 Q 奔入舂米場，一個人站着，還覺得指頭痛，還記得「忘八蛋」，因為這話是未莊的鄉下人從來不用，專是見過官府的闊人用的，所以格外怕，而印象也格外深。但這時，他那「女……」的思想卻也沒有了。而且打罵之後，似乎一件事也已經收束，倒反覺得一無掛礙似的，便動手去舂米。舂了一會，他熱起來了，又歇了手脫衣服。

脫下衣服的時候，他聽得外面很熱鬧，阿 Q 生平本來最愛看熱鬧，便即尋聲走出去了。尋聲漸漸的尋到趙太爺的內院裏，雖然在昏黃中，卻辨得出許多人，趙府一家連兩日不吃飯的太太也在內，還有間壁的鄒七嫂，真正本家的趙白眼，趙司晨。

少奶奶正拖着吳媽走出下房來，一面說：

「你到外面來，……不要躲在自己房裏想……」

「誰不知道你正經，……短見是萬萬尋不得的。」鄒七嫂也從旁說。

吳媽只是哭，夾些話，卻不甚聽得分明。

阿 Q 想：「哼，有趣，這小孤孀不知道鬧着甚麼玩意兒了？」他想打聽，走近趙司晨的身邊。這時他猛然間看見趙大爺向他奔來，而且手裏揑着一支大竹槓。他看見這一支大竹槓，便猛然間悟到自己曾經被打，和這一場熱鬧似乎有點相關。他翻身便走，想逃回舂米場，不圖這支竹槓阻了他的去路，於是他又翻身便走，自然而然的走出後門，不多工夫，已在土穀祠內了。

阿 Q 坐了一會，皮膚有些起粟，他覺得冷了，因為雖在春季，而夜間頗有餘寒，尚不宜於赤膊。他也記得布衫留在趙家，但倘若去取，又深怕秀才的竹槓。然而地保進來了。

「阿 Q，你的媽媽的！你連趙家的用人都調戲起來，簡直是造反。害得我晚上沒有覺睡，你的媽媽的！……」

如是云云的教訓了一通，阿 Q 自然沒有話。臨末，因為在晚上，應該送地保加倍酒錢四百文，阿 Q 正沒有現錢，便用一頂氈帽做抵押，並且訂定了五條件：

一、 明天用紅燭——要一斤重的——一對，香一封，到趙府上去賠罪。

二、 趙府上請道士祓除縊鬼，費用由阿 Q 負擔。

三、 阿 Q 從此不准踏進趙府的門檻。

四、 吳媽此後倘有不測，惟阿 Q 是問。

五、 阿 Q 不准再去索取工錢和布衫。

阿 Q 自然都答應了，可惜沒有錢。幸而已經春天，棉被可以無用，便質了二千大錢，履行條約。赤膊磕頭之後，居然還剩幾文，他也不再贖氈帽，統統喝了酒了。但趙家也並不燒香點燭，因為太太拜佛的時候可以用，留着了。那破布衫是大半做了少奶奶八月間生下來的孩子的襯尿布，那小半破爛的便都做了吳媽的鞋底。

第五章　生計問題

阿 Q 禮畢之後，仍舊回到土穀祠，太陽下去了，漸漸覺得世上有些古怪。他仔細一想，終於省悟過來：其原因蓋在自己的赤膊。他記得破夾襖還在，便披在身上，躺倒了，待張開眼睛，原來太陽又已經照在西牆上頭了。他坐起身，一面說道，「媽媽的……」

他起來之後，也仍舊在街上逛，雖然不比赤膊之有切膚之痛，卻又漸漸的覺得世上有些古怪了。彷彿從這一天起，未莊的女人們忽然都怕了羞，伊們一見阿 Q 走來，便個個躲進門裏去。甚而至於將近五十歲的鄒七嫂，也跟着別人亂鑽，而且將十一歲的女兒都叫進去了。阿 Q 很以為奇，而且想：「這些東西忽然都學起小姐模樣來了。這娼婦們……」

但他更覺得世上有些古怪，卻是許多日以後的事。其一，酒店不肯賒欠了；其二，管土穀祠的老頭子說些廢話，似乎叫他走；其三，他雖然記不清多少日，但確乎有許多日，沒有一個人來叫他做短工。酒店不賒，熬着也罷了；老頭子催他走，嚕蘇一通也就算了；只是沒有人來叫他做短工，卻使阿 Q 肚子餓：這委實是一件非常「媽媽的」的事情。

阿 Q 忍不下去了，他只好到老主顧的家裏去探問，——但獨不許踏進趙府的門檻，——然而情形也異樣：一定走出一個男人來，現了十分煩厭的相貌，像回覆乞丐一般的搖手道：

「沒有沒有！你出去！」

阿 Q 愈覺得稀奇了。他想，這些人家向來少不了要幫忙，不至於現在忽然都無事，這總該有些蹊蹺在裏面了。他留心打聽，才知道他們有事都去叫小 Don。這小 D，是一個窮小子，又瘦又乏，在阿 Q 的眼睛裏，位置是在王胡之下的，誰料這小子竟謀了他的飯碗去。所以阿 Q 這一氣，更與平常不同，當氣憤憤的走着的時候，忽然將手一揚，唱道：

「我手執鋼鞭將你打！……」

幾天之後，他竟在錢府的照壁前遇見了小 D。「仇人相見分外眼明」，阿 Q 便迎上去，小 D 也站住了。

「畜生！」阿Q怒目而視的說，嘴角上飛出唾沫來。

「我是蟲豸，好麼？……」小D說。

這謙遜反使阿Q更加憤怒起來，但他手裏沒有鋼鞭，於是只得撲上去，伸手去拔小D的辮子。小D一手護住了自己的辮根，一手也來拔阿Q的辮子，阿Q便也將空着的一隻手護住了自己的辮根。從先前的阿Q看來，小D本來是不足齒數的，但他近來挨了餓，又瘦又乏已經不下於小D，所以便成了勢均力敵的現象，四隻手拔着兩顆頭，都彎了腰，在錢家粉牆上映出一個藍色的虹形，至於半點鐘之久了。

「好了，好了！」看的人們說，大約是解勸的。

「好，好！」看的人們說，不知道是解勸，是頌揚，還是煽動。

然而他們都不聽。阿Q進三步，小D便退三步，都站着；小D進三步，阿Q便退三步，又都站着。大約半點鐘，——未莊少有自鳴鐘，所以很難說，或者二十分，——他們的頭髮裏便都冒煙，額上便都流汗，阿Q的手放鬆了，在同一瞬間，小D的手也正放鬆了，同時直起，同時退開，都擠出人叢去。

「記着罷，媽媽的……」阿 Q 回過頭去說。

「媽媽的，記着罷……」小 D 也回過頭來說。

這一場「龍虎鬥」似乎並無勝敗，也不知道看的人可滿足，都沒有發甚麼議論，而阿 Q 卻仍然沒有人來叫他做短工。

有一日很溫和，微風拂拂的頗有些夏意了，阿 Q 卻覺得寒冷起來，但這還可擔當，第一倒是肚子餓。棉被，氈帽，布衫，早已沒有了，其次就賣了棉襖；現在有褲子，卻萬不可脫的；有破夾襖，又除了送人做鞋底之外，決定賣不出錢。他早想在路上拾得一注錢，但至今還沒有見；他想在自己的破屋裏忽然尋到一注錢，慌張的四顧，但屋內是空虛而且了然。於是他決計出門求食去了。

他在路上走着要「求食」，看見熟識的酒店，看見熟識的饅頭，但他都走過了，不但沒有暫停，而且並不想要。他所求的不是這類東西了；他求的是甚麼東西，他自己不知道。

未莊本不是大村鎮，不多時便走盡了。村外多是水田，滿眼是新秧的嫩綠，夾着幾個圓形的活動的黑點，便是耕田的農夫。阿 Q 並不賞鑒這田家樂，卻只是走，因為他直覺的知道這與他的「求食」之道是很遼遠的。但他終於走到靜修庵的牆外了。

庵周圍也是水田，粉牆突出在新綠裏，後面的低土牆裏是菜園。阿 Q 遲疑了一會，四面一看，並沒有人。他便爬上這矮牆去，扯着何首烏藤，但泥土仍然簌簌的掉，阿 Q 的腳也索索的抖；終於攀着桑樹枝，跳到裏面了。裏面真是鬱鬱蔥蔥，但似乎並沒有黃酒饅頭，以及此外可吃的之類。靠西牆是竹叢，下面許多筍，只可惜都是並未煮熟的，還有油菜早經結子，芥菜已將開花，小白菜也很老了。

阿 Q 彷彿文童落第似的覺得很冤屈，他慢慢走近園門去，忽而非常驚喜了，這分明是一畦老蘿蔔。他於是蹲下便拔，而門口突然伸出一個很圓的頭來，又即縮回去了，這分明是小尼姑。小尼姑之流是阿 Q 本來視若草芥的，但世事須「退一步想」，所以他便趕緊拔起四個蘿蔔，擰下青葉，兜在大襟裏。然而老尼姑已經出來了。

「阿彌陀佛，阿 Q，你怎麼跳進園裏來偷蘿蔔！……阿呀，罪過呵，阿唷，阿彌陀佛！……」

「我甚麼時候跳進你的園裏來偷蘿蔔？」阿 Q 且看且走的說。

「現在……這不是？」老尼姑指着他的衣兜。

「這是你的？你能叫得他答應你麼？你……」

阿 Q 沒有說完話，拔步便跑；追來的是一匹很肥大的黑狗。這本來在前門的，不知怎的到後園來了。黑狗哼而且追，已經要咬着阿 Q 的腿，幸而從衣兜裏落下一個蘿蔔來，那狗給一嚇，略略一停，阿 Q 已經爬上桑樹，跨到土牆，連人和蘿蔔都滾出牆外面了。只剩着黑狗還在對着桑樹嗥，老尼姑唸着佛。

阿 Q 怕尼姑又放出黑狗來，拾起蘿蔔便走，沿路又撿了幾塊小石頭，但黑狗卻並不再現。阿 Q 於是拋了石塊，一面走一面吃，而且想道，這裏也沒有甚麼東西尋，不如進城去……

待三個蘿蔔吃完時，他已經打定了進城的主意了。

第六章　從中興到末路

在未莊再看見阿Q出現的時候，是剛過了這年的中秋。人們都驚異，說是阿Q回來了，於是又回上去想道，他先前那裏去了呢？阿Q前幾回的上城，大抵早就興高采烈的對人說，但這一次卻並不，所以也沒有一個人留心到。他或者也曾告訴過管土穀祠的老頭子，然而未莊老例，只有趙太爺錢太爺和秀才大爺上城才算一件事。假洋鬼子尚且不足數，何況是阿Q：因此老頭子也就不替他宣傳，而未莊的社會上也就無從知道了。

但阿Q這回的回來，卻與先前大不同，確乎很值得驚異。天色將黑，他睡眼蒙朧的在酒店門前出現了，他走近櫃台，從腰間伸出手來，滿把是銀的和銅的，在櫃上一扔說，「現錢！打酒來！」穿的是新夾襖，看去腰間還掛着一個大搭連，沉鈿鈿的將褲帶墜成了很彎很彎的弧線。未莊老例，看見略有些醒目的人物，是與其慢也寧敬的，現在雖然明知道是阿Q，但因為和破夾襖的阿 Q 有些兩樣了，古人云，「士別三日便當刮目相待」，所以堂倌，掌櫃，酒客，路人，便自然顯出一種凝而且敬的形態來。掌櫃既先之以點頭，又繼之以談話：

「豁，阿 Q ，你回來了！」

「回來了。」

「發財發財，你是——在……」

「上城去了！」

這一件新聞，第二天便傳遍了全未莊。人人都願意知道現錢和新夾襖的阿 Q 的中興史，所以在酒店裏，茶館裏，廟檐下，便漸漸的探聽出來了。這結果，是阿 Q 得了新敬畏。

據阿 Q 說，他是在舉人老爺家裏幫忙。這一節，聽的人都肅然了。這老爺本姓白，但因為合城裏只有他一個舉人，所以不必再冠姓，說起舉人來就是他。這也不獨在未莊是如此，便是一百里方圓之內也都如此，人們幾乎多以為他的姓名就叫舉人老爺的了。在這人的府上幫忙，那當然是可敬的。但據阿 Q 又說，他卻不高興再幫忙了，因為這舉人老爺實在太「媽媽的」了。這一節，聽的人都歎息而且快意，因為阿Q本不配在舉人老爺家裏幫忙，而不幫忙是可惜的。

據阿Q說，他的回來，似乎也由於不滿意城裏人，這就在他們將長凳稱為條凳，而且煎魚用葱絲，加以最近觀察所得的缺點，是女人的走路也扭得不很好。然而也偶有大可佩服的地方，即如未莊的鄉下人不過打三十二張的竹牌，只有假洋鬼子能夠叉「麻醬」，城裏卻連小烏龜子都叉得精熟的。甚麼假洋鬼子，只要放在城裏的十幾歲的小烏龜子的手裏，也就立刻是「小鬼見閻王」。這一節，聽的人都赧然了。

「你們可看見過殺頭麼？」阿Q說，「咳，好看。殺革命黨。唉，好看好看，……」他搖搖頭，將唾沫飛在正對面的趙司晨的臉上。這一節，聽的人都凜然了。但阿Q又四面一看，忽然揚起右手，照着伸長脖子聽得出神的王胡的後項窩上直劈下去道：

「嚓！」

王胡驚得一跳，同時電光石火似的趕快縮了頭，而聽的人又都悚然而且欣然了。從此王胡瘟頭瘟腦的許多日，並且再不敢走近阿 Q 的身邊；別的人也一樣。

阿 Q 這時在未莊人眼睛裏的地位，雖不敢說超過趙太爺，但謂之差不多，大約也就沒有甚麼語病的了。

然而不多久，這阿 Q 的大名忽又傳遍了未莊的閨中。雖然未莊只有錢趙兩姓是大屋，此外十之九都是淺閨，但閨中究竟是閨中，所以也算得一件神異。女人們見面時一定說，鄒七嫂在阿 Q 那裏買了一條藍綢裙，舊固然是舊的，但只化了九角錢。還有趙白眼的母親，——一說是趙司晨的母親，待考，——也買了一件孩子穿的大紅洋紗衫，七成新，只用三百大錢九二串。於是伊們都眼巴巴的想見阿 Q，缺綢裙的想問他買綢裙，要洋紗衫的想問他買洋紗衫，不但見了不逃避，有時阿 Q 已經走過了，也還要追上去叫住他，問道：

「阿 Q，你還有綢裙麼？沒有？紗衫也要的，有罷？」

後來這終於從淺閨傳進深閨裏去了。因為鄒七嫂得意之餘，將伊的綢裙請趙太太去鑒賞，趙太太又告訴了趙太爺而且着實恭維了一番。趙太爺便在晚飯桌上，和秀才大爺討論，以為阿 Q 實在有些古怪，我們門窗應該小心些；但他的東西，不知道可還有甚麼可買，也許有點好東西罷。加以趙太太也正想買一件價廉物美的皮背心。於是家族決議，便託鄒七嫂即刻去尋阿 Q，而且為此新辟了第三種的例外：這晚上也姑且特准點油燈。

油燈乾了不少了，阿 Q 還不到。趙府的全眷都很焦急，打着呵欠，或恨阿 Q 太飄忽，或怨鄒七嫂不上緊。趙太太還怕他因為春天的條件不敢來，而趙太爺以為不足慮：因為這是「我」去叫他的。果然，到底趙太爺有見識，阿 Q 終於跟着鄒七嫂進來了。

「他只說沒有沒有，我說你自己當面說去，他還要說，我說……」鄒七嫂氣喘吁吁的走着說。

「太爺！」阿 Q 似笑非笑的叫了一聲，在檐下站住了。

「阿 Q，聽說你在外面發財，」趙太爺踱開去，眼睛打量着他的全身，一面說。「那很好，那很好的。

這個，……聽說你有些舊東西，……可以都拿來看一看，……這也並不是別的，因為我倒要……」

「我對鄒七嫂說過了。都完了。」

「完了？」趙太爺不覺失聲的說，「那裏會完得這樣快呢？」

「那是朋友的，本來不多。他們買了些，……」

「總該還有一點罷。」

「現在，只剩了一張門幕了。」

「就拿門幕來看看罷。」趙太太慌忙說。

「那麼，明天拿來就是，」趙太爺卻不甚熱心了。「阿 Q，你以後有甚麼東西的時候，你儘先送來給我們看，……」

「價錢決不會比別家出得少！」秀才說。秀才娘子忙一瞥阿 Q 的臉，看他感動了沒有。

「我要一件皮背心。」趙太太說。

阿 Q 雖然答應着，卻懶洋洋的出去了，也不知道他是否放在心上。這使趙太爺很失望，氣憤而且擔心，至於停止了打呵欠。秀才對於阿 Q 的態度也很不平，於是說，這忘八蛋要提防，或者不如吩咐地保，不許他住在未莊。但趙太爺以為不然，說這也怕要結怨，況且做這路生意的大概是「老鷹不吃窩下食」，本村倒不必擔心的；只要自己夜裏警醒點就是了。秀才聽了這「庭訓」，非常之以為然，便即刻撤消了驅逐阿 Q 的提議，而且叮囑鄒七嫂，請伊千萬不要向人提起這一段話。

但第二日，鄒七嫂便將那藍裙去染了皂，又將阿 Q 可疑之點傳揚出去了，可是確沒有提起秀才要驅逐他這一節。然而這已經於阿 Q 很不利。最先，地保尋上門了，取了他的門幕去，阿 Q 說是趙太太要看的，而地保也不還並且要議定每月的孝敬錢。其次，是村人對於他的敬畏忽而變相了，雖然還不敢來放肆，卻很有遠避的神情，而這神情和先前的防他來「嚓」的時候又不同，頗混着「敬而遠之」的分子了。

只有一班閒人們卻還要尋根究底的去探阿 Q 的底細。阿 Q 也並不諱飾，傲然的說出他的經驗來。從此他們才知道，他不過是一個小腳色，不但不能上牆，並且不能進洞，只站在洞外接東西。有一夜，他剛才接到一個包，正手再進去，不一會，只聽得裏面大嚷起來，他便趕緊跑，連夜爬出城，逃回未莊來了，從此不敢再去做。然而這故事卻於阿 Q 更不利，村人對於阿 Q 的「敬而遠之」者，本因為怕結怨，誰料他不過是一個不敢再偷的偷兒呢？這實在是「斯亦不足畏也矣」。

第七章　革命

宣統三年九月十四日——即阿 Q 將搭連賣給趙白眼的這一天——三更四點，有一隻大烏篷船到了趙府上的河埠頭。這船從黑魆魆中蕩來，鄉下人睡得熟，都沒有知道；出去時將近黎明，卻很有幾個看見的了。據探頭探腦的調查來的結果，知道那竟是舉人老爺的船！

那船便將大不安載給了未莊，不到正午，全村的人心就很動搖。船的使命，趙家本來是很秘密的，但茶坊酒肆裏卻都說，革命黨要進城，舉人老爺到我們鄉下來逃難了。惟有鄒七嫂不以為然，說那不過是幾口破衣箱，舉人老爺想來寄存的，卻已被趙太爺回覆轉去。其實舉人老爺和趙秀才素不相能，在理本不能有「共患難」的情誼，況且鄒七嫂又和趙家是鄰居，見聞較為切近，所以大概該是伊對的。

然而謠言很旺盛，說舉人老爺雖然似乎沒有親到，卻有一封長信，和趙家排了「轉折親」。趙太爺肚裏一輪，覺得於他總不會有壞處，便將箱子留下了，現就塞在太太的牀底下。至於革命黨，有的說是便在這一夜進了城，個個白盔白甲：穿着崇正皇帝的素。

阿 Q 的耳朵裏，本來早聽到過革命黨這一句話，今年又親眼見過殺掉革命黨。但他有一種不知從那裏來的意見，以為革命黨便是造反，造反便是與他為難，所以一向是「深惡而痛絕之」的。殊不料這卻使百里聞名的舉人老爺有這樣怕，於是他未免也有些「神往」了，況且未莊的一羣鳥男女的慌張的神情，也使阿 Q 更快意。

「革命也好罷，」阿 Q 想，「革這夥媽媽的命，太可惡！太可恨！……便是我，也要投降革命黨了。」

阿 Q 近來用度窘，大約略略有些不平；加以午間喝了兩碗空肚酒，愈加醉得快，一面想一面走，便又飄飄然起來。不知怎麼一來，忽而似乎革命黨便是自己，未莊人卻都是他的俘虜了。他得意之餘，禁不住大聲的嚷道：

「造反了！造反了！」

未莊人都用了驚懼的眼光對他看。這一種可憐的眼光，是阿 Q 從來沒有見過的，一見之下，又使他舒服得如六月裏喝了雪水。他更加高興的走而且喊道：

「好，……我要甚麼就是甚麼，我歡喜誰就是誰。

得得，鏘鏘！

悔不該，酒醉錯斬了鄭賢弟，

悔不該，呀呀呀……

得得，鏘鏘，得，鏘令鏘！

我手執鋼鞭將你打……」

趙府上的兩位男人和兩個真本家，也正站在大門口論革命。阿 Q 沒有見，昂了頭直唱過去。

「得得，……」

「老 Q，」趙太爺怯怯的迎着低聲的叫。

「鏘鏘，」阿Q料不到他的名字會和「老」字聯結起來，以為是一句別的話，與己無干，只是唱。「得，鏘，鏘令鏘，鏘！」

「老Q。」

「悔不該……」

「阿Q！」秀才只得直呼其名了。

阿Q這才站住，歪着頭問道，「甚麼？」

「老Q，……現在……」趙太爺卻又沒有話，「現在……發財麼？」

「發財？自然。要甚麼就是甚麼……」

「阿……Q哥，像我們這樣窮朋友是不要緊的……」趙白眼惴惴的說，似乎想探革命黨的口風。

「窮朋友？你總比我有錢。」阿Q說着自去了。

大家都憮然，沒有話。趙太爺父子回家，晚上商量到點燈。趙白眼回家，便從腰間扯下搭連來，交給他女人藏在箱底裏。

阿Q飄飄然的飛了一通，回到土穀祠，酒已經醒透了。這晚上，管祠的老頭子也意外的和氣，請他喝茶；阿Q便向他要了兩個餅，吃完之後，又要了一支點過的四兩燭和一個樹燭台，點起來，獨自躺在自己的小屋裏。他說不出的新鮮而且高興，燭火像元夜似的閃閃的跳，他的思想也迸跳起來了：

「造反？有趣，……來了一陣白盔白甲的革命黨，都拿着板刀，鋼鞭，炸彈，洋炮，三尖兩刃刀，鈎鐮槍，走過土穀祠，叫道，『阿Q！同去同去！』於是一同去。……」

「這時未莊的一夥鳥男女才好笑哩，跪下叫道，『阿Q，饒命！』誰聽他！第一個該死的是小D和趙太爺，還有秀才，還有假洋鬼子，……留幾條麼？王胡本來還可留，但也不要了。……」

「東西，……直走進去打開箱子來：元寶，洋錢，洋紗衫，……秀才娘子的一張寧式牀先搬到土穀祠，此外便擺了錢家的桌椅，——或者也就用趙家的罷。自己是不動手的了，叫小D來搬，要搬得快，搬得不快打嘴巴。……」

「趙司晨的妹子真醜。鄒七嫂的女兒過幾年再說。假洋鬼子的老婆會和沒有辮子的男人睡覺，嚇，不是好東西！秀才的老婆是眼胞上有疤的。……吳媽長久不見了，不知道在那裏，——可惜腳太大。」

阿 Q 沒有想得十分停當，已經發了鼾聲，四兩燭還只點去了小半寸，紅焰焰的光照着他張開的嘴。

「荷荷！」阿 Q 忽而大叫起來，抬了頭倉皇的四顧，待到看見四兩燭，卻又倒頭睡去了。

第二天他起得很遲，走出街上看時，樣樣都照舊。他也仍然肚餓，他想着，想不起甚麼來；但他忽而似乎有了主意了，慢慢的跨開步，有意無意的走到靜修庵。

庵和春天時節一樣靜，白的牆壁和漆黑的門。他想了一想，前去打門，一隻狗在裏面叫。他急急拾了幾塊斷磚，再上去較為用力的打，打到黑門上生出許多麻點的時候，才聽得有人來開門。

阿 Q 連忙捏好磚頭，擺開馬步，準備和黑狗來開戰。但庵門只開了一條縫，並無黑狗從中衝出，望進去只有一個老尼姑。

「你又來甚麼事？」伊大吃一驚的說。

「革命了……你知道？……」阿 Q 說得很含胡。

「革命革命，革過一革的，……你們要革得我們怎麼樣呢？」老尼姑兩眼通紅的說。

「甚麼？……」阿Q詫異了。

「你不知道，他們已經來革過了！」

「誰？……」阿Q更其詫異了。

「那秀才和洋鬼子！」

阿Q很出意外，不由的一錯愕；老尼姑見他失了銳氣，便飛速的關了門，阿Q再推時，牢不可開，再打時，沒有回答了。

那還是上午的事。趙秀才消息靈，一知道革命黨已在夜間進城，便將辮子盤在頂上，一早去拜訪那歷來也不相能的錢洋鬼子。這是「咸與維新」的時候了，所以他們便談得很投機，立刻成了情投意合的同志，也相約去革命。他們想而又想，才想出靜修庵裏有一塊「皇帝萬歲萬萬歲」的龍牌，是應該趕緊革掉的，於是又立刻同到庵裏去革命。因為老尼姑來阻擋，說了三句話，他們便將伊當作滿政府，在頭上很給了不少的棍子和栗鑿。尼姑待他們走後，定了神來檢點，龍牌固然已經碎在地上了，而且又不見了觀音娘娘座前的一個宣德爐。

這事阿 Q 後來才知道。他頗悔自己睡着，但也深怪他們不來招呼他。他又退一步想道：

「難道他們還沒有知道我已經投降了革命黨麼？」

第八章　不准革命

未莊的人心日見其安靜了。據傳來的消息，知道革命黨雖然進了城，倒還沒有甚麼大異樣。知縣大老爺還是原官，不過改稱了甚麼，而且舉人老爺也做了甚麼——這些名目，未莊人都說不明白——官，帶兵的也還是先前的老把總。只有一件可怕的事是另有幾個不好的革命黨夾在裏面搗亂，第二天便動手剪辮子，聽說那鄰村的航船七斤便着了道兒，弄得不像人樣子了。但這卻還不算大恐怖，因為未莊人本來少上城，即使偶有想進城的，也就立刻變了計，碰不着這危險。阿 Q 本也想進城去尋他的老朋友，一得這消息，也只得作罷了。

但未莊也不能說是無改革。幾天之後，將辮子盤在頂上的逐漸增加起來了，早經說過，最先自然是茂才公，其次便是趙司晨和趙白眼，後來是阿 Q。倘在夏天，大家將辮子盤在頭頂上或者打一個結，本不算甚麼稀奇事，但現在是暮秋，所以這「秋行夏令」的情形，在盤辮家不能不說是萬分的英斷，而在未莊也不能說無關於改革了。

趙司晨腦後空蕩蕩的走來，看見的人大嚷說，

「豁，革命黨來了！」

阿 Q 聽到了很羨慕。他雖然早知道秀才盤辮的大新聞，但總沒有想到自己可以照樣做，現在看見趙司晨也如此，才有了學樣的意思，定下實行的決心。

他用一支竹筷將辮子盤在頭頂上，遲疑多時，這才放膽的走去。

他在街上走，人也看他，然而不說甚麼話，阿 Q 當初很不快，後來便很不平。他近來很容易鬧脾氣了；其實他的生活，倒也並不比造反之前反艱難，人見他也客氣，店舖也不說要現錢。而阿 Q 總覺得自己太失意：既然革了命，不應該只是這樣的。況且有

一回看見小 D，愈使他氣破肚皮了。

小 D 也將辮子盤在頭頂上了，而且也居然用一支竹筷。阿 Q 萬料不到他也敢這樣做，自己也決不准他這樣做！小 D 是甚麼東西呢？他很想即刻揪住他，拗斷他的竹筷，放下他的辮子，並且批他幾個嘴巴，聊且懲罰他忘了生辰八字，也敢來做革命黨的罪。但他終於饒放了，單是怒目而視的吐一口唾沫道：「呸！」

這幾日裏，進城去的只有一個假洋鬼子。趙秀才本也想靠着寄存箱子的淵源，親身去拜訪舉人老爺的，但因為有剪辮的危險，所以也中止了。他寫了一封「黃傘格」的信，託假洋鬼子帶上城，而且託他給自己紹介紹介，去進自由黨。假洋鬼子回來時，向秀才討還了四塊洋錢，秀才便有一塊銀桃子掛在大襟上了；未莊人都驚服，說這是柿油黨的頂子，抵得一個翰林；趙太爺因此也驟然大闊，遠過於他兒子初雋秀才的時候，所以目空一切，見了阿 Q，也就很有些不放在眼裏了。

阿 Q 正在不平，又時時刻刻感着冷落，一聽得這銀桃子的傳說，他立即悟出自己之所以冷落的原因了：要革命，單說投降，是不行的；盤上辮子，也不行的；第一着仍然要和革命黨去結識。他生平所知道的革命黨只有兩個，城裏的一個早已「嚓」的殺掉了，現在只剩了一個假洋鬼子。他除卻趕緊去和假洋鬼子商量之外，再沒有別的道路了。

錢府的大門正開着，阿 Q 便怯怯的躄進去。他一到裏面，很吃了驚，只見假洋鬼子正站在院子的中央，一身烏黑的大約是洋衣，身上也掛着一塊銀桃子，手裏是阿 Q 曾經領教過的棍子，已經留到一尺多長的辮子都拆開了披在肩背上，蓬頭散髮的像一個劉海仙。對面挺直的站着趙白眼和三個閒人，正在必恭必敬的聽說話。

阿 Q 輕輕的走近了，站在趙白眼的背後，心裏想招呼，卻不知道怎麼說才好：叫他假洋鬼子固然是不行的了，洋人也不妥，革命黨也不妥，或者就應該叫洋先生了罷。

洋先生卻沒有見他，因為白着眼睛講得正起勁：

「我是性急的，所以我們見面，我總是說：洪哥！我們動手罷！他卻總說道 No！——這是洋話，你們不懂的。否則早已成功了。然而這正是他做事小心的地方。他再三再四的請我上湖北，我還沒有肯。誰願意在這小縣城裏做事情。……」

「唔，……這個……」阿Q候他略停，終於用十二分的勇氣開口了，但不知道因為甚麼，又並不叫他洋先生。

聽着說話的四個人都吃驚的回顧他。洋先生也才看見：

「甚麼？」

「我……」

「出去！」

「我要投……」

「滾出去！」洋先生揚起哭喪棒來了。

趙白眼和閒人們便都吆喝道：「先生叫你滾出去，你還不聽麼！」

阿Q將手向頭上一遮，不自覺的逃出門外；洋先生倒也沒有追。他快跑了六十多步，這才慢慢的走，於是心裏便湧起了憂愁：洋先生不准他革命，他再沒有別的路；從此決不能望有白盔白甲的人來叫他，他所有的抱負，志向，希望，前程，全被一筆勾銷了。至於閒人們傳揚開去，給小 D 王胡等輩笑話，倒是還在其次的事。

他似乎從來沒有經驗過這樣的無聊。他對於自己的盤辮子，彷彿也覺得無意味，要侮蔑；為報仇起見，很想立刻放下辮子來，但也沒有竟放。他遊到夜間，賒了兩碗酒，喝下肚去，漸漸的高興起來了，思想裏才又出現白盔白甲的碎片。

有一天，他照例的混到夜深，待酒店要關門，才踱回土穀祠去。

拍，吧……！

他忽而聽得一種異樣的聲音，又不是爆竹。阿 Q 本來是愛看熱鬧，愛管閒事的，便在暗中直尋過去。似乎前面有些腳步聲；他正聽，猛然間一個人從對面逃來了。阿 Q 一看見，便趕緊翻身跟着逃。那人轉彎，阿 Q 也轉彎，那人站住了，阿 Q 也站住。他看後面並無甚麼，看那人便是小 D。

「甚麼？」阿 Q 不平起來了。

「趙……趙家遭搶了！」小 D 氣喘吁吁的說。

阿 Q 的心怦怦的跳了。小 D 說了便走；阿 Q 卻逃而又停的兩三回。但他究竟是做過「這路生意」，格外膽大，於是躄出路角，仔細的聽，似乎有些嚷嚷，又仔細的看，似乎許多白盔白甲的人，絡繹的將箱子抬出了，器具抬出了，秀才娘子的寧式牀也抬出了，但是不分明，他還想上前，兩隻腳卻沒有動。

這一夜沒有月，未莊在黑暗裏很寂靜，寂靜到像羲皇時候一般太平。阿 Q 站着看到自己發煩，也似乎還是先前一樣，在那裏來來往往的搬，箱子抬出了，器具抬出了，秀才娘子的寧式牀也抬出了，……抬得他自己有些不信他的眼睛了。但他決計不再上前，卻回到自己的祠裏去了。

土穀祠裏更漆黑；他關好大門，摸進自己的屋子裏。他躺了好一會，這才定了神，而且發出關於自己的思想來：白盔白甲的人明明到了，並不來打招呼，搬了許多好東西，又沒有自己的份，——這全是假洋鬼子可惡，不准我造反，否則，這次何至於沒有我的份呢？阿 Q 越想越氣，終於禁不住滿心痛恨起來，毒毒的點一點頭：「不准我造反，只准你造反？媽媽的假洋鬼子，——好，你造反！造反是殺頭的罪名呵，我總要告一狀，看你抓進縣裏去殺頭，——滿門抄斬，——嚓！嚓！」

第九章　大團圓

趙家遭搶之後，未莊人大抵很快意而且恐慌，阿Q也很快意而且恐慌。但四天之後，阿Q在半夜裏忽被抓進縣城裏去了。那時恰是暗夜，一隊兵，一隊團丁，一隊警察，五個偵探，悄悄地到了未莊，乘昏暗圍住土穀祠，正對門架好機關槍；然而阿Q不衝出。許多時沒有動靜，把總焦急起來了，懸了二十千的賞，才有兩個團丁冒了險，逾垣進去，裏應外合，一擁而入，將阿Q抓出來；直待擒出祠外面的機關槍左近，他才有些清醒了。

到進城，已經是正午，阿Q見自己被攙進一所破衙門，轉了五六個彎，便推在一間小屋裏。他剛剛一蹌踉，那用整株的木料做成的柵欄門便跟着他的腳跟闔上了，其餘的三面都是牆壁，仔細看時，屋角上還有兩個人。

阿 Q 雖然有些忐忑，卻並不很苦悶，因為他那土穀祠裏的臥室，也並沒有比這間屋子更高明。那兩個也彷彿是鄉下人，漸漸和他兜搭起來了，一個說是舉人老爺要追他祖父欠下來的陳租，一個不知道為了甚麼事。他們問阿 Q，阿 Q 爽利的答道：「因為我想造反。」

他下半天便又被抓出柵欄門去了，到得大堂，上面坐着一個滿頭剃得精光的老頭子。阿 Q 疑心他是和尚，但看見下面站着一排兵，兩旁又站着十幾個長衫人物，也有滿頭剃得精光像這老頭子的，也有將一尺來長的頭髮披在背後像那假洋鬼子的，都是一臉橫肉，怒目而視的看他；他便知道這人一定有些來歷，膝關節立刻自然而然的寬鬆，便跪了下去了。

「站着說！不要跪！」長衫人物都吆喝說。

阿 Q 雖然似乎懂得，但總覺得站不住，身不由己的蹲了下去，而且終於趁勢改為跪下了。

「奴隸性！……」長衫人物又鄙夷似的說，但也沒有叫他起來。

「你從實招來罷，免得吃苦。我早都知道了。招了可以放你。」那光頭的老頭子看定了阿 Q 的臉，沉靜的清楚的說。

「招罷！」長衫人物也大聲說。

「我本來要……來投……」阿 Q 胡裏胡塗的想了一通，這才斷斷續續的說。

「那麼，為甚麼不來的呢？」老頭子和氣的問。

「假洋鬼子不准我！」

「胡說！此刻說，也遲了。現在你的同黨在那裏？」

「甚麼？……」

「那一晚打劫趙家的一夥人。」

「他們沒有來叫我。他們自己搬走了。」阿 Q 提起來便憤憤。

「走到那裏去了呢？說出來便放你了。」老頭子更和氣了。

「我不知道，……他們沒有來叫我……」

然而老頭子使了一個眼色，阿 Q 便又被抓進柵欄門裏了。他第二次抓出柵欄門，是第二天的上午。

大堂的情形都照舊。上面仍然坐着光頭的老頭子，阿 Q 也仍然下了跪。

老頭子和氣的問道，「你還有甚麼話說麼？」

阿 Q 一想，沒有話，便回答說，「沒有。」

於是一個長衫人物拿了一張紙，並一支筆送到阿 Q 的面前，要將筆塞在他手裏。阿 Q 這時很吃驚，幾乎「魂飛魄散」了：因為他的手和筆相關，這回是初次。他正不知怎樣拿；那人卻又指着一處地方教他畫花押。

「我……我……不認得字。」阿 Q 一把抓住了筆，惶恐而且慚愧的說。

「那麼，便宜你，畫一個圓圈！」

阿 Q 要畫圓圈了，那手捏着筆卻只是抖。於是那人替他將紙鋪在地上，阿 Q 伏下去，使盡了平生的力氣畫圓圈。他生怕被人笑話，立志要畫得圓，但這可惡的筆不但很沉重，並且不聽話，剛剛一抖一抖的幾乎要合縫，卻又向外一聳，畫成瓜子模樣了。

阿 Q 正羞愧自己畫得不圓，那人卻不計較，早已掣了紙筆去，許多人又將他第二次抓進柵欄門。

他第二次進了柵欄，倒也並不十分懊惱。他以為人生天地之間，大約本來有時要抓進抓出，有時要在紙上畫圓圈的，惟有圈而不圓，卻是他「行狀」上的一個污點。但不多時也就釋然了，他想：孫子才畫得很圓的圓圈呢。於是他睡着了。

然而這一夜，舉人老爺反而不能睡：他和把總嘔了氣了。舉人老爺主張第一要追贓，把總主張第一要示眾。把總近來很不將舉人老爺放在眼裏了，拍案打凳的說道，「懲一儆百！你看，我做革命黨還不上二十天，搶案就是十幾件，全不破案，我的面子在那裏？破了案，你又來迂。不成！這是我管的！」舉人老爺窘急了，然而還堅持，說是倘若不追贓，他便立刻辭了幫辦民政的職務。而把總卻道，「請便罷！」於是舉人老爺在這一夜竟沒有睡，但幸第二天倒也沒有辭。

阿 Q 第三次抓出柵欄門的時候，便是舉人老爺睡不着的那一夜的明天的上午了。他到了大堂，上面還坐着照例的光頭老頭子；阿 Q 也照例的下了跪。

老頭子很和氣的問道，「你還有甚麼話麼？」

阿 Q 一想，沒有話，便回答說，「沒有。」

許多長衫和短衫人物，忽然給他穿上一件洋布的白背心，上面有些黑字。阿 Q 很氣苦：因為這很像是帶孝，而帶孝是晦氣的。然而同時他的兩手反縛了，同時又被一直抓出衙門外去了。

阿 Q 被抬上了一輛沒有蓬的車，幾個短衣人物也和他同坐在一處。這車立刻走動了，前面是一班背着洋炮的兵們和團丁，兩旁是許多張着嘴的看客，後面怎樣，阿 Q 沒有見。但他突然覺到了：這豈不是去殺頭麼？他一急，兩眼發黑，耳朵裏喤的一聲，似乎發昏了。然而他又沒有全發昏，有時雖然着急，有時卻也泰然；他意思之間，似乎覺得人生天地間，大約本來有時也未免要殺頭的。

他還認得路，於是有些詫異了：怎麼不向着法場走呢？他不知道這是在遊街，在示眾。但即使知道也一樣，他不過便以為人生天地間，大約本來有時也未免要遊街要示眾罷了。

他省悟了，這是繞到法場去的路，這一定是「嚓」的去殺頭。他惘惘的向左右看，全跟着螞蟻似的人，而在無意中，卻在路旁的人叢中發見了一個吳媽。很久違，伊原來在城裏做工了。阿 Q 忽然很羞愧自己沒志氣：竟沒有唱幾句戲。他的思想彷彿旋風似的在腦裏一迴旋：《小孤孀上墳》欠堂皇，《龍虎鬥》裏的「悔不該……」也太乏，還是「手執鋼鞭將你打」罷。他同時想手一揚，才記得這兩手原來都捆着，於是「手執鋼鞭」也不唱了。

「過了二十年又是一個……」阿 Q 在百忙中，「無師自通」的說出半句從來不說的話。

「好！」從人叢裏，便發出豺狼的嗥叫一般的聲音來。

車子不住的前行，阿 Q 在喝采聲中，輪轉眼睛去看吳媽，似乎伊一向並沒有見他，卻只是出神的看着兵們背上的洋炮。

阿 Q 於是再看那些喝采的人們。

這剎那中，他的思想又彷彿旋風似的在腦裏一迴旋了。四年之前，他曾在山腳下遇見一隻餓狼，永是不近不遠的跟定他，要吃他的肉。他那時嚇得幾乎要死，幸而手裏有一柄斫柴刀，才得仗這壯了膽，支持到未莊；可是永遠記得那狼眼睛，又兇又怯，閃閃的像兩顆鬼火，似乎遠遠的來穿透了他的皮肉。而這回他又看見從來沒有見過的更可怕的眼睛了，又鈍又鋒利，不但已經咀嚼了他的話，並且還要咀嚼他皮肉以外的東西，永是不近不遠的跟他走。

這些眼睛們似乎連成一氣，已經在那裏咬他的靈魂。

「救命，……」

然而阿 Q 沒有說。他早就兩眼發黑，耳朵裏嗡的一聲，覺得全身彷彿微塵似的迸散了。

至於當時的影響，最大的倒反在舉人老爺，因為終於沒有追贜，他全家都號咷了。其次是趙府，非特秀才因為上城去報官，被不好的革命黨剪了辮子，而且又破費了二十千的賞錢，所以全家也號咷了。從這一天以來，他們便漸漸的都發生了遺老的氣味。

至於輿論，在未莊是無異議，自然都說阿 Q 壞，被槍斃便是他的壞的證據：不壞又何至於被槍斃呢？

而城裏的輿論卻不佳，他們多半不滿足，以為槍斃並無殺頭這般好看；而且那是怎樣的一個可笑的死囚呵，遊了那麼久的街，竟沒有唱一句戲：他們白跟一趟了。

一九二一年十二月。